Katja Alves

Marie und der Vogelsommer

Marie mag Vögel sehr. Die Vögel in diesem Buch hat Katja Spitzer gezeichnet – für das Vogelbuch von Marie. Einige Vögel, wie zum Beispiel die Heckenbraunelle auf Seite 13, weisen große Ähnlichkeit mit wirklichen Vögeln auf, andere sind frei erfunden!

Katja Alves

Marie und der Vogelsommer

Roman

Mit Vignetten von Katja Spitzer

BELTZ & Gelberg

Katja Alves wurde 1961 in Coimbra/Portugal geboren, wuchs in der Schweiz auf. Sie arbeitete in vielen Berufen (u.a. als Köchin und Buchhändlerin) und lebt heute als freie Autorin und Journalistin mit ihrer Familie in Zürich. Sie schreibt für Zeitungen und Zeitschriften (Du, NZZ, Tages-Anzeiger). Bei Beltz & Gelberg erschienen zuvor ihre Romane *Beste Freundin dringend gesucht* und *1000 Gründe, warum ich nicht nach Portugal kann.* www.katjaalves.ch

Katja Spitzer, geboren 1979, studierte in Leipzig und in der Schweiz Illustration und lebt und arbeitet in Berlin. www.katja-spitzer.de

Dieses Buch ist auch als E-Book erhältlich:
(978-3-407-74780-8)

FSC www.fsc.org
MIX
Papier aus verantwortungsvollen Quellen
FSC® C089473

www.beltz.de

in der Verlagsgruppe Beltz · Weinheim Basel
Werderstraße 10, 69469 Weinheim

Lektorat: Barbara Gelberg
Einband- und Innenillustrationen: Katja Spitzer
Satz: Elisabeth Werner
Druck und Bindung: Beltz Bad Langensalza GmbH, Bad Langensalza
Printed in Germany
ISBN 978-3-407-82165-2
1 2 3 4 5 6 19 18 17 16

Seit wir hier wohnen, beobachte ich die Amsel jeden Tag. Ich drehe am Rädchen meines Fernrohrs und hole sie ganz nah zu mir, bis ich jede ihrer Federn sehen kann. Ich weiß alles über sie. Weil ich alle Vögel kenne.

350 Kilometer und eine gelbe Wand

Ich kann mich noch genau daran erinnern, wie alles losging. Es war kurz nach Mittag und wir waren am Warten. Mein kleiner Bruder schoss wie eine Rakete durch die Wohnung, ich stand etwas unschlüssig mit meinem Rucksack im Flur und wusste nicht so recht, was ich bis zu unserem Aufbruch noch machen sollte.

Bis auf ein paar wenige Kisten mit Mamas empfindlichen Kunstgegenständen und einer Faltmatratze war alles leer geräumt. Sämtliche Möbel waren bereits von einer Umzugsfirma abgeholt worden. »Marie! Guck mal!« Mein Bruder kletterte jetzt auf einen Karton und fuchtelte wie wild mit den Armen. »Ich bin Spiderman!« Seine Stimme hallte eigenartig durch die leere Wohnung.

»Nicht doch, Spidy!«, rief Mama entsetzt. »Sonst kippt

der ganze Krempel um!« Mama versuchte meinen Bruder herunterzuheben, was bei ihm auf heftigsten Protest stieß. »Er ist total übermüdet«, sagte Mama vorwurfsvoll, was mir aber ziemlich egal war.

Die letzten Tage vor dem Umzug hatten Spidy und ich bei meiner besten Freundin Adi verbracht. Auch wenn uns mein kleiner Bruder manchmal gehörig nervte, war es lustig gewesen, zu dritt in einem Zimmer zu schlafen. Eigentlich war Spidy nämlich ganz in Ordnung. Adi meinte sogar, er sei richtig knuffig in seinem blauen Anzug. Seit Papa ihm ein Spiderman-Kostüm aus den USA mitgebracht hatte, bildete sich mein Bruder nämlich tatsächlich ein, er sei der Spinnenmann höchstpersönlich. Und das bedeutete, dass er überall hochkletterte, gegen unverwüstliche grüne Kobolde kämpfte und andere Kinder mit toten Fliegen fütterte.

»Ich guck noch mal, ob ich nichts vergessen habe«, sagte ich.

»Ja, mach das! Detlef müsste auch gleich hier sein.« Mama schaute nervös auf ihr Handy.

Detlef, Mamas Freund, wollte uns unbedingt selbst nach Münde fahren. Aber natürlich war er wie immer viel zu spät dran. Bei ihm ist das normal. Weil er nachts als DJ arbeitet, braucht er tagsüber seinen Schönheitsschlaf, behauptet er.

In meinem Zimmer lagen überall in den Ecken dicke Staubflusen. Mein Blick schweifte über die leeren Wände.

Da, wo noch Reste von Klebstreifen waren, hatten meine Poster gehangen. Die sechs Spatzen auf dem Drahtzaun, der Falke im Sturzflug und die Möwen über dem tiefblauen Meer.

Ich mag Vögel, genau wie Papa. Von ihm habe ich auch das dicke Vogelbuch bekommen, das jetzt zuoberst in meinem Rucksack lag. Ohne mein Vogelbuch würde ich nie irgendwohin gehen. Selbst im Urlaub nehme ich es mit. Papa sagt, über Vögel würde man nur etwas erfahren, wenn man sie genau beobachtet. Ich erkenne schon jetzt sehr viele Vögel, sogar an ihrem Gesang. Eine Kohlmeise zum Beispiel zwitschert ti-ta-ti-ta, ein Buchfink macht zitt-zitt-zitt. Das klingt, als würde er rufen: »Ich bin fit, fit, fit.«

Wenn ich etwas Interessantes oder Lustiges über Vögel lese, schreibe ich es auf einen kleinen Zettel, damit ich es nicht vergesse, und die Zettel hänge ich dann an meine Pinnwand. Ich starrte auf die leere Stelle an der Wand, wo bis vor Kurzem noch die Pinnwand hing. Auch da war jetzt nur noch ein helles Rechteck. Bald würde es mein Zimmer so nicht mehr geben. Die ganze Wohnung sollte saniert und anschließend superteuer vermietet werden. Deshalb mussten wir ausziehen. »Zu teuer für uns«, meinte Mama. Genau wie die meisten anderen Wohnungen, die wir angeguckt hatten.

Mama war schon total in Panik, als uns auf einmal Onkel Gregor anrief. Onkel Gregor war vor vielen Jahren nach Spanien ausgewandert und besaß immer noch das alte kleine Haus in Münde. Ich konnte mich weder an Onkel Gregor noch an das Haus erinnern, jedenfalls erzählte Onkel Gregor Mama, das Haus sei ab sofort wieder neu zu vermieten und ob das nicht was für uns sei. Mama war sofort Feuer und Flamme. »Stellt euch vor, Kinder! Ein Haus mit Garten und eigener Werkstatt. Und alles für halb so viel Geld!« Anfangs hatte ich gehofft, Mama würde es sich vielleicht doch noch anders überlegen und wir könnten in unserer Wohnung bleiben. Vergeblich. Mama meinte, nie im Leben würde sie so viel Miete zahlen wollen, nicht mal, wenn sie das Geld hätte.

»Marie?« Mama kam in mein Zimmer und sah sich flüchtig um. »Detlef ist da! Holst du Spidy? Ich glaube, er ist im Hof ...«

»Warum immer ich!«, fragte ich mürrisch.

»Jetzt geh schon, Marie! Sonst kommen wir hier nie weg!«

Ich stockte. Am liebsten wäre ich zu Adi geflüchtet. Oder zu Céline. So wie ich das immer getan hatte, wenn mich etwas nervte. Aber jetzt ging das nicht mehr, selbst wenn wir alle Zeit der Welt gehabt hätten. Denn wenn man sich erst mal von allen verabschiedet hat, ist es komisch, wenn man plötzlich wiederauftaucht. Dann sagen alle: »Was, du bist immer noch hier?«, und dann fühlt man sich total am falschen Platz. Obwohl der falsche Platz für mich der einzig richtige gewesen wäre. Ich rannte in den Hof und hoffte, dass ich niemandem mehr begegnen würde.

Ein paar Stunden später näherten wir uns Münde. Die Abendsonne hatte den Himmel in blutrotes Licht getaucht. »Schaut mal den schönen Sonnenuntergang an!«, rief Mama und reichte uns eine Tüte mit Brötchen nach hinten. Ich schüttelte den Kopf, Spidy griff zu. Mit dem Finger bohrte er ein Loch in sein Brötchen und klaubte den weichen Teig heraus.

»Weiß Papa eigentlich, wo wir hinziehen?«

Mama sah überrascht in den Rückspiegel. »Selbstverständlich weiß er das, Marie. Warum fragst du?« Mama drückte jetzt auf dem Navi herum. »Dieses blöde Ding funktioniert überhaupt nicht, Detlef!« Sie lachte, als ob das besonders lustig wäre. Seit wir von zu Hause weggefahren waren, war Mama bester Laune. Sie redete von nichts anderem mehr als von ihrem blöden Münde und davon, wie toll es dort werden würde.

Wir fuhren durch einen Wald mit einer endlosen Reihe schwarzer Tannen. Die Sonne war fast ganz am Horizont verschwunden. Mich fröstelte. Ich hatte keine Ahnung, wieso, gefährlich war es hier bestimmt nicht. Aber gleichzeitig wirkte alles so unwirklich und leer, als hätte jemand eine bemalte Waldkulisse neben die Straße geschoben. Ich fühlte mich eigenartig. Wie eine ausgeschnittene Papierpuppen-Marie, die man auf dem Autositz festgeklebt hatte, und die echte Marie war für immer weg. Ich schluckte.

»Für dich!« Spidy streckte mir sein ausgehöhltes Brötchen unter die Nase.

»Sicher nicht … iss das gefälligst selbst.«

Ich suchte auf meinem iPod, bis ich Adis und mein Lieblingsstück gefunden hatte. Leise summte ich mit. Spidy war eingeschlafen. Inzwischen war es dunkel geworden. Wir fuhren durch Dörfer mit kleinen Häusern, Tankstellen, Möbelläden und Friseursalons. Ab und zu sah man Frauen und Männer, die ihre Hunde spazieren führten. Ein Mädchen strampelte wie wild auf ihrem Fahrrad einen Feldweg entlang. Ob es stimmte, was meine Lehrerin gesagt hatte, dass ich in Münde innerhalb kürzester Zeit neue Freundinnen finden würde? Wieder verspürte ich dieses Frösteln. Was, wenn ich doch keine neuen Freundinnen fand?

Detlef bremste ruckartig. »Mensch, beinahe hätte ich die Straße verpasst. Hier ist es ja dunkel wie in einem Kuhbauch.« Detlef machte den Motor aus.

»Raus mit euch!«, sagte Mama und öffnete die Autotür. »Welcome in Münde!« Ich hatte keine Lust auszusteigen und drückte mich tiefer in den Autositz.

»Na, komm schon, beweg dich, Prinzessin!« Detlef grinste. Dann zeigte er auf das kleine gelbe Haus. »Das ist euer neues Eigenheim. Alle Achtung, ihr seid jetzt unter die Hausbesitzer gegangen. Von den Hausbesetzern zu den …«

»He, wir sind Mieter!«, rief Mama und versetzte ihm einen Knuff.

»Wer besetzt das Haus?«, fragte Spiderman.

Im Haus gegenüber brannte Licht. Eine Frau starrte zu uns herüber. Spiderman zeigte mit dem Finger auf das Fenster: »Was guckt die Frau?«

»Na ja, sie will einfach gucken, wer ihre neuen Nachbarn sind.« Mama lachte.

Neben dem kleinen Häuschen stand ein alter Holzschuppen. Die rote Farbe blätterte überall ab und die eine Fensterscheibe war kaputt. Das musste Mamas Werkstatt sein. Oder ihr Atelier, wie sie es nannte.

»Ich schau mir mal den Schuppen an«, sagte ich schnell. Ich hatte überhaupt keine Lust, beim Auspacken zu helfen.

Spidy lief hinter mir her. »Warte, Marie! Spiderman kommt auch mit!«

Im Schuppen roch es feucht und muffig. Dabei hatte Mama allen ihren Freundinnen erzählt, ihr neues Atelier sei gemütlich und hell. Vorsichtig tastete ich mit der Hand die Holzwand entlang. »Aua!« In meinem Zeigefinger steckte ein Holzsplitter. Hier drin war es wirklich kein bisschen gemütlich und einen Lichtschalter schien es auch nirgends zu geben.

»Marie, schau mal, was ich gefunden habe.« Mein Bruder stand vor der Tür und strahlte mich an. Langsam öffnete er seine Faust. »Eine tote Spinni! Und da hinten sind noch viel mehr! Alle futsch!« Spidy kicherte.

»Na toll.« Ich nahm meinen Bruder an der Hand und lief mit ihm zu unserem neuen Zuhause.

»Münde, Münde«, trällerte Spidy. »Welcome in Münde ...!«

Das Licht im Haus gegenüber war erloschen. Aber ich hatte das Gefühl, immer noch beobachtet zu werden.

Mein neues Zimmer lag im oberen Stockwerk. Es roch nach frischer Farbe, eine Wand war eidottergelb gestrichen. Ich konnte mich nicht erinnern, dass Mama die Farbe je erwähnt hatte. Mir wäre Rot lieber gewesen oder von mir aus auch Lila, so wie in meinem alten Zimmer. Auf jeden Fall hätte sie mich fragen können. Ich machte die Tür hinter mir zu und setzte mich auf die Matratze. Draußen hörte ich eine Krähe. »Kra ... kra ....« Da, wo der Holzsplitter in meinem Finger gesteckt hatte, war immer noch ein kleiner roter Punkt zu sehen. Wenn ich drauf drückte, spürte ich einen feinen Stich. Während ich meinen Finger inspizierte, vibrierte mein Handy. Adi. *Was läuft?* Ich schickte ihr ein grimmiges Ärger-Icon. Und als keine Antwort kam, ein zweites.

Eins war klar, ich mochte weder die gelbe Wand noch den muffigen Schuppen. Ich vermisste unsere alte Wohnung mit meinem kleinen gemütlichen Zimmer. Unten hörte ich Mama und Detlef lachen. Adi schrieb immer noch nicht zurück. Mein Herz klopfte bis zum Hals. Ich saß in der Falle. Hier, in diesem »netten kleinen Münde«.

Auf den ersten Blick ist sie ganz unauffällig mit ihren graubraunen Federn. Aber wenn die Heckenbraunelle den Schnabel aufmacht, kann es laut und schrill werden.

Sonntag in Münde

Am nächsten Morgen war ich bereits früh wach. Die Sonne schien und alles sah viel freundlicher aus als bei unserer Ankunft. Sogar die gelbe Wand wirkte ganz okay. Aus der Küche wummerte Musik und jemand pfiff dazu. Das hieß, dass Detlef auch schon wach war. Detlef gehört zu den Menschen, die eigentlich immer gut gelaunt sind. Egal, was passierte. Selbst als Spidy versehentlich Detlefs Handy ins Schwimmbecken fallen ließ, blieb er ruhig und nett, was ich ziemlich erstaunlich fand.

Von meinem Fenster aus konnte ich in den Garten sehen. Mama plauderte mit einer Frau. Ich war mir nicht ganz sicher, ob die Frau, mit der Mama redete, dieselbe war, die uns gestern beobachtet hatte, aber sie sah ganz nett aus. Als ich mit Socken zu ihnen hinunterging, stellte mich

Mama der Frau vor: »Das ist Marie, meine Tochter.« Die Frau nickte mir kurz zu.

Sie trug ein schickes lila Kleid mit einem weißen Kragen. Mama trug wie üblich ihren orangefarbenen Overall. »Oh ja, bei so einem Umzug gibt es sicher viel zu tun«, sagte sie. »Aber die neuen Mieter haben Glück mit Ihnen. Meine Putzhilfe würde ja nie an einem Sonntag arbeiten. Sie kommt aus dem Osten und da …«

Mama lachte laut, ein bisschen zu laut. »Ich bin nicht die Putzhilfe. Und ich könnte mir auch keine leisten. Nicht in tausend Jahren.«

Mein Gott, war das peinlich! Warum musste Mama immer diesen fleckigen Overall tragen. Ich drehte mich um und wollte schnell wieder ins Haus. Doch Mama hielt mich zurück. »Wart schnell, Marie. Das ist unsere neue Nachbarin, Frau … wie war doch gleich Ihr Name?«

»Kraemer mit ae«, sagte die Frau. »Tut mir leid, wenn ich da was durcheinandergebracht habe. Dann sind Sie also die Künstlerin?« Frau Kraemer musterte Mama neugierig. »Sie müssen wissen, mein Mann und ich mögen Kunst. Mein Mann schnitzt in seiner Freizeit Vögel.« Sie zeigte auf einen hölzernen Kranich, der drüben in ihrem Garten stand. »Aber als Vermögensverwalter hat man natürlich wenig Zeit für Hobbys. Leben Sie von Ihrer Kunst?«

Mama schüttelte den Kopf. »Bis jetzt noch nicht, aber mit diesem tollen Atelier …« Sie deutete auf den Schuppen in unserem Garten. »Endlich habe ich genug Platz, ich bin nämlich Eisenplastikerin. Aber im Moment suche ich tatsächlich einen neuen Brotjob. Wenn Sie was hören, ich bin ziemlich flexibel!«

Ich schaute Mama grimmig an. Warum musste sie das jetzt sagen? Sie hatte doch Geld. Erst vor Kurzem hatte sie ein riesiges Eisenrad verkauft.

»Dann ist das mit der Kunst also auch ein Hobby!«, stellte die Frau fest und lächelte zufrieden.

»Nein, ich bin Künstlerin!«, sagte Mama etwas schrill und verschränkte die Arme vor ihrer Brust. Das macht sie nur, wenn sie sich über etwas aufregt.

Frau Kraemer warf einen Blick auf ihre Armbanduhr. »Um Himmels willen! Schon fast neun! Ich muss das Frühstück vorbereiten und danach Tiffany zum Reiterhof fahren. Sie wissen ja, wie das ist.«

»Mmh«, sagte Mama und legte mir den Arm um die Schultern. »Sollen wir mal nachsehen, ob Detlef schon Frühstück gemacht hat? Du und Spidy seid bestimmt schon am Verhungern.« Wieder lachte Mama ein wenig zu laut. »Vielleicht kann Marie Tiffany später in den Reitstall begleiten? Sie kennt hier nämlich noch keinen ...«

»Mama!«, unterbrach ich sie entsetzt und wand mich aus ihrer Umarmung.

»Ein anderes Mal gerne«, sagte Frau Kraemer und verzog den Mund zu einem steifen Lächeln. »Aber heute passt es leider nicht.«

Dann wurde das Gespräch endgültig beendet, weil Spidy

auf uns zugelaufen kam. »Spiderman hat schon wieder zwei Spinnis gefunden«, kreischte er vergnügt. Er streckte Frau Kraemer seine geschlossene Faust entgegen. »Magst du schauen?« Frau Kraemer machte einen Satz zurück.

»Mein kleiner Bruder sammelt tote Spinnen«, erklärte ich entschuldigend. »Ich mag Spinnen auch nicht besonders. Ich interessiere mich mehr für Vögel.«

»Aha«, sagte Frau Kraemer, immer noch mit einem leicht entsetzten Blick auf Spidy. »Und vielleicht sollte sich dein Bruder Schuhe anziehen. Morgens ist es bei uns ziemlich kühl.«

Mir fiel auf, dass auch ich immer noch in Socken dastand. »Ich finde es auch ein bisschen kühl«, sagte ich. »Tschüss, Frau Kraemer.« Ich ging zurück ins Haus und ließ Mama und Spidy im Garten stehen.

Den restlichen Morgen verbrachten wir mit Auspacken. »Wo hast du meinen Sitzsack hingetan?«, fragte ich Mama. Ich hatte das ganze Haus nach ihm abgesucht, aber er war nirgends zu finden.

»Keine Ahnung. Aber der taucht schon wieder auf.«

»Aber ich brauche meinen Sitzsack, jetzt! Er gehört mir! Ich habe ihn von meinem Taschengeld gekauft!« Meine gute Laune war wie verflogen.

Mama sah mich kopfschüttelnd an. »Marie, du tust gerade so, als ob du ohne den Sitzsack nicht leben könntest.«

»Kann ich auch nicht!« Mama begriff gar nichts. Sie

hatte gesagt, ich soll mein Zimmer schön einrichten. Und dazu brauchte ich eben meinen Sitzsack. Er erinnerte mich an mein altes Zimmer. Und daran, wie schön mein Leben noch vor wenigen Tagen war.

»Ich geh noch ein wenig die Gegend auskundschaften«, verkündete ich nach dem Mittagessen.

Mama hämmerte auf einen Hocker ein, den sie mit einem gelben Stoff bezog. »Passt doch prima in dein neues Zimmer …« Spidy reichte Mama einen Nagel nach dem andern und Mama summte etwas. Detlef kniete vor Mamas CD-Gestell und sortierte die CDs, die Mama bereits eingeräumt hatte. Bloß raus hier! Eilig zog ich die Haustüre hinter mir zu.

Am Ende der Straße gab es einen Spielplatz, der ziemlich öde aussah. Unter einem Baum stand ein einsamer Pingpongtisch aus Beton und ohne Netz. Nicht einmal ein Klettergerüst gab es. Nur zwei armselige Schaukeln und einen großen Sandkasten mit feuchtem, dunkelgrauem Sand, in dem eine rote kaputte Plastikschaufel steckte. Außer einem Jungen, der mit seinem Skateboard übte, war niemand da. Ich beobachtete eine Weile, wie er sich auf das Brett stellte, Anlauf nahm, absprang, wie sich das Brett einmal in der Luft drehte und er mit beiden Füßen wieder auf dem Brett landete. Das sah ziemlich cool aus. Der Junge war älter als ich. Ich schätzte ihn auf dreizehn. Ich nahm meinen ganzen Mut zusammen und ging auf ihn zu.

»Hallo«, sagte ich. »Ich heiße Marie und bin neu hier. Also, wir sind gestern erst hierhergezogen. Gestern Abend.« Wenn ich nervös bin, rede ich immer zu viel. Der Junge gab keine Antwort und sah konzentriert auf sein Brett. Beim nächsten Sprung landete er mit dem vorderen Fuß neben dem Skateboard. »Scheiße!«

»Was machst du?«, fragte ich. Etwas Besseres fiel mir nicht ein.

»Wonach sieht es denn aus?« Der Junge sah mich belustigt an.

»Alles klar«, sagte ich kleinlaut.

»Kein Problem.«

»Also dann«, sagte ich schnell. »Ich muss weiter.«

»Hm«, sagte der Junge.

»Tschüss!«

»Man sieht sich!« Der Junge sah kurz auf und grinste mich an.

So lässig wie möglich schlenderte ich davon. Ich schaffte es bis zur Hauptstraße, ohne mich umzudrehen. Dann überholte mich mit einem großen Bogen ein Auto und hupte kurz. Sicher, weil ich auf der falschen Seite der Straße ging. Bei der nächsten Abzweigung kam mir ein Mädchen in einem hellblauen Jogginganzug entgegen. Sie trug Kopfhörer und ging ziemlich schnell. Das sah lustig aus, weil sie eben nicht rannte, sondern bloß schnell ging. Ich nickte ihr zu. Das Mädchen nickte zurück und lächelte. Ob das Tiffany war?

Mit einem Mal überkam mich so etwas wie ein leises Glücksgefühl. Morgen war mein erster Schultag in der neuen Schule. Ganz sicher würde ich hier neue Freunde finden. Keine Frage! Der wortkarge Junge jedenfalls sah nett aus und das Mädchen auch. Als ich das Gartentor aufstieß, war ich wieder bester Laune. Mein Bruder rannte quer über den Rasen auf mich zu. Dabei fuchtelte er wie wild mit einem Seidenschal herum.

»He, gehört der nicht Bernadette?« Seit Papa nicht mehr bei uns wohnt und Detlef Mamas Freund ist, will sie, dass wir sie Bernadette nennen. Und manchmal tun wir das auch.

»Nein! Das ist Spidermans Netz! Damit werde ich dich fangen!«

»Vergiss es! Ich fange dich! Und dann mache ich aus dir Fliegenkompott!« Ich lachte.

Plötzlich war wieder alles wie früher, als ich Spidy durch den Hof gejagt und mit ihm Fangen gespielt hatte. Ich packte meinen kleinen Bruder und versuchte, ihn zu Boden zu drücken. Was gar nicht einfach war, weil er wie wild um sich schlug. Als ich ihn beinahe am Boden hatte, biss er mich in den Arm.

»Aua! Du kleiner tasmanischer Teufel!«

Spidy kreischte vor Vergnügen: »Niemand besiegt Spiderman!«

Mein Bruder rannte durch die offene Schuppentür und ich hinterher. Mama hatte sich schon ausgebreitet, überall standen Schrottteile und an der Wand stapelten sich Holzbretter für Mamas Werkbank. Im Halbdunkel stolperte ich über ihre Werkzeugkiste. »Spidy, du Monster, wo bist du? Spidy?« Keine Antwort.

Hinter einer Kiste entdeckte ich einen alten Einkaufskorb aus Draht, in dem ein braunes Lederetui war. Papas altes Fernglas! Ich nahm es heraus und schaute durch das Glas. Langsam drehte ich am Rädchen. Aber im Schuppen war es viel zu dunkel. Ich hängte mir das Fernglas um den Hals und rannte ins Haus, hoch in mein Zimmer, stieg über meine halb ausgepackten Kartons und stellte mich ans Fenster. Spidy hatte ich dabei ganz vergessen.

Mit so einem Fernglas hat man den perfekten Überblick. Jetzt konnte ich die ganze Nachbarschaft auskundschaften. Ein bisschen wie in einem Menschenzoo. In einem Garten am Ende der Straße entdeckte ich ein Schwimmbecken, in einem anderen ein Trampolin. Sogar den Spielplatz konnte ich ausfindig machen. Ich suchte nach dem Jungen. Aber eine graue Rauchwolke nahm mir die Sicht. Komisch, eine Feuerstelle war mir nicht aufgefallen.

»Mariiiiieee, was machst du?«

Ich zuckte zusammen. Ich hatte Spidy nicht die Treppe hochkommen gehört. »Nichts. Ich gucke nur …«

»Was guckst du nur?«

»Rauch. Ich glaube, beim Spielplatz brennt etwas.«

»Ich will auch gucken!« Spiderman packte sich das Fernglas. »Ich sehe nichts«, sagte er enttäuscht. »Marie«, sagte mein Bruder mit Grabesstimme, »kannst du mal gucken, ob der grüne Kobold auch da ist?«

»Oho! Du denkst, er ist am Spinnengrillen?« Ich unterdrückte ein Lachen.

Spiderman schaute mich wütend an. »Das ist nicht lustig, du bist blöd! Der grüne Kobold ist gefährlich!«

»Schon gut. Wo ist eigentlich Bernadette? Und hast du deine Sachen für morgen schon gepackt?«

»Klar! Spiderman geht in die Spidermanschule!«, rief mein Bruder wieder ganz fröhlich. Und dann hielt er plötzlich inne. »Meinst du, dass Papa uns bald besuchen kommt?«

»Sicher, sobald er aus Afrika zurück ist …«

»Und was macht er da?« Spiderman begann das übliche Frage-Antwort-Spiel zu Papa.

»Er muss die Welt retten«, erklärte ich Spidy. Das sagte Mama immer, wenn ihre Freundinnen fragten, wo Papa sei und warum sich der KV nicht mehr um uns kümmere. KV bedeutet Kindsvater. Ehrlich gesagt mag ich es überhaupt nicht, wenn Mama mit ihren Freundinnen vom KV spricht. Papa ist Papa und nicht irgendein Gegenstand, den man mit zwei Buchstaben abkürzen darf. Papa ist eigentlich Biologe, aber jetzt arbeitet er für ein Hilfswerk. Mir jedenfalls gefällt die Vorstellung, dass Papa die Welt rettet. Es passte zu ihm und seinen Bartstoppeln und seiner runden Brille.

»Papa erklärt den Leuten in Afrika, wie sie Brunnen bauen müssen und so Sachen«, erklärte ich Spidy.

Mein Bruder strahlte. »Spiderman muss auch die Welt retten. Und alle Spinnis.« Spidy rannte aus dem Zimmer.

»Spidy, wo bist du?«, hörte ich Mama rufen. »Hast du Detlefs Autoschlüssel versteckt?«

»Spidy ist hier oben!«, sagte ich und setzte meine Beobachtungen fort. Auf dem Gartenstuhl entdeckte ich eine kleine Amsel. Mit dem Fernglas konnte ich ihr Gefieder ganz genau sehen, es war braun und nicht schwarz wie bei den Männchen. Sie hatte auch keinen Ring um die Augen – definitiv ein Weibchen. »Hallo, kleine Amsel.« Ich spähte zum Gebüsch und dann weiter zum Baum neben Mamas Werkstatt, aber ich konnte nirgends ein Vogelnest entdecken. Hoffentlich hatte sie sich nicht verirrt. Aber Vögel sind klug, ein Vogel findet immer nach Hause.

Plötzlich hörte ich wildes Vogelgeschrei und die Frau von gegenüber öffnete das Fenster. »Herkules!«, rief sie. »Komm schon, mein Süßer!«

Eine dicke graue Katze kam maunzend über die Wiese spaziert. Ihre Augen leuchteten grün. »Geh weg, du Ungeheuer!«, fauchte ich.

Aber natürlich konnte mich Herkules nicht hören. Stattdessen setzte er sich auf unseren Rasen und putzte seine Pfote. Er sah ganz harmlos aus. Aber ich traute ihm nicht. Alle Katzen sehen harmlos aus, dabei sind sie hinterlistig. Sie tun so scheinheilig, als ginge sie nichts etwas an, und plötzlich schlagen sie zu.

Nach dem Abendessen verabschiedete sich Detlef. »Jetzt seid ihr mich für eine Weile los, Kollegen«, sagte er. »Die nächsten Tage muss ich Mike unter die Arme greifen. Seine Wohnung braucht dringend einen neuen Anstrich.« Detlef seufzte tief. »Was macht man nicht alles aus Nettigkeit.« –

»Bist du zu meinem siebten Geburtstag wieder da?«, fragte Spidy, obwohl das noch eine ganze Weile dauerte. Aber mein Bruder wollte unbedingt, dass Detlef sich diesen Tag in seinen Kopf »tippte«.

»Mache ich«, sagte Detlef. »Versprochen, junger Mann.«

Ich ging nach oben, um meine Schulsachen zu packen. Ich musste unbedingt noch eine geeignete Schultasche finden. Meine alte wollte ich nicht nehmen, sie war mit allen möglichen Namen vollgekritzelt, das machte vielleicht einen kindischen Eindruck. Ich entschied mich für Papas blauen Seesack. Der sah cool aus. Als ich fertig war, packte ich noch mein Glücksschweinchen in die Außentasche. Jetzt war ich bereit.

Wenn ich morgen in der Schule das Mädchen mit der hellblauen Trainingsjacke traf, würde ich ihr auf keinen Fall erzählen, dass ich mich kein bisschen auf Münde gefreut hatte. Sonst dachte sie womöglich, ich sei eingebildet und zickig. Papa sagt immer, man erntet, was man sät. Ich wollte mir Mühe geben, alles richtig zu machen. Denn irgendwie freute ich mich trotz allem auf meine neue Schule, aber gleichzeitig war ich ziemlich nervös.

Stare sind ziemlich gut darin, andere Vogelstimmen nachzuahmen. Doch auch wenn ihnen die »Mäusebussard-Imitation« ganz gut gelingt, bleiben sie am Ende doch Stare.

Der erste Schultag

Eine Stunde bevor mein Wecker klingelte, war ich bereits hellwach. Ich hatte mir gestern Abend eine kurze Hose und ein T-Shirt zum Anziehen bereitgelegt, aber jetzt war ich mir plötzlich überhaupt nicht mehr sicher, ob das passte. War die Hose nicht zu auffällig? Sollte ich eine Trainingsjacke anziehen, wie das Mädchen gestern? Bisher war es mir immer egal gewesen, was ich anzog. Aber heute war es wichtig.

Während des Frühstücks sah ich alle zwei Minuten auf die Uhr. »Du verpasst den Bus schon nicht, Marie«, seufzte Mama. »Du hast noch jede Menge Zeit.« Dann blätterte sie in einer Zeitung. »Schau mal, hier gibt es sogar einen Trödelladen und einen Schrotthändler. Praktisch, nicht? Ich bin der Meinung, das meiste an der Kunst ist sowieso

Zufall. Plötzlich findet man etwas, das genau passt, obwohl man es gar nicht gesucht hat. Genau wie mit unserem Haus. Nur ein bisschen Glück gehört dazu.« Mama lächelte zufrieden. Ich nickte nervös und schaute wieder auf meine Uhr.

Früher war ich immer zu Fuß zur Schule gegangen, weil sie gleich um die Ecke lag. Aber meine neue Schule, die Cornelius-Gesamtschule, war zu weit weg. Ich musste den Bus nehmen oder mit dem Fahrrad fahren. Ich wollte Mama unbedingt dazu bringen, mir endlich ein neues Fahrrad zu kaufen. Detlef hatte mir zwar sein altes vom Flohmarkt geschenkt, aber wer möchte schon mit einem alten Herrenrad zur Schule fahren? Außerdem hatte er es für mich »schön bunt« bemalt. Sogar Céline fand das Rad etwas speziell.

Auf dem Schulhof sah ich gleich das Mädchen von gestern. »Hey«, sagte ich erleichtert. »Wir haben uns gestern schon mal gesehen. Du warst joggen. Bist du Tiffany?«

»Nein, wieso Tiffany? Ich heiße Sarah.«

»Ich dachte nur, weil unsere Nachbarin von Tiffany erzählt hat, also, ihre Tochter heißt Tiffany, und da dachte ich eben … hätte ja sein können …« Irgendwie machte es nicht so recht Sinn, was ich Sarah erzählte. Aber es schien sie nicht zu kümmern.

»Bist du neu? Ich habe dich noch nie in der Schule gesehen.« Sarah musterte mich skeptisch.

»Ja. Wir sind am Wochenende hierhergezogen. Und du, wohnst du schon lange hier?«

»Wie meinst du das?«

Vielleicht war das eine blöde Frage, deshalb fragte ich besser nicht weiter. »Kann ich auch mal mit zum Joggen kommen?«, sagte ich schnell. »Ich habe das zwar noch nie gemacht, aber es sieht lustig aus. Mit Kopfhörer und so …«

»Ist ziemlich anstrengend«, sagte Sarah. »Ich geh meistens mit Konstanze … He, Konstanze!«

Ein großes blondes Mädchen kam auf uns zustolziert. Sie hatte ihre Haare hochgesteckt und trug Schuhe mit Absätzen. Dadurch wirkte sie noch größer. »Du bist die Neue!« Konstanze musterte mich ausgiebig.

»Hast du gewusst, dass eine Neue kommt?«, fragte Sarah verwundert.

»Natürlich, du Schnarchkappe. Der Schneider hat doch erzählt, dass eine Neue in die Klasse kommt.«

»Und wie gefällt es Ihnen in Münde?« Konstanze machte eine theatralische Handbewegung, so als ob sie mir ein Mikrofon unter die Nase halten würde.

»Ähm, ja, gut«, sagte ich verwirrt. Wahrscheinlich meinte sie das lustig. Ich grinste sicherheitshalber, wobei ich mir ein bisschen blöd vorkam.

»Konstanze, schau mal, wer da ist!« Sarah zupfte sie am Ärmel. Der Junge von gestern schlenderte über den Schulhof.

»Den habe ich auch schon gesehen«, sagte ich. »Gestern auf dem Spielplatz.«

»Und, habt ihr was Schönes gespielt, du und Björn?« Konstanze kicherte.

»Nein, wieso?«, stammelte ich. Ich verstand nicht, was Konstanze meinte.

»Er fährt Skateboard«, sagte ich. »Also, er hatte sein Skateboard dabei.«

Konstanze verdrehte die Augen, so als hätte ich etwas völlig Abwegiges gesagt.

»Björn ist ein Psycho«, erklärte mir Sarah und schaute vielsagend zu Konstanze.

»Wir hatten auch einen Psycho an unserer Schule«, sagte ich schnell. »Tiago, einen Portugiesen. Er hat sogar ein Time-out bekommen.«

Ganz in Ordnung erschien es mir nicht, Tiago als Psycho zu bezeichnen. Eigentlich war er nämlich ziemlich nett, und das Time-out hatte er nur bekommen, weil er Kai die Nase gebrochen hatte. Was man gut verstehen konnte, denn Kai ist einer dieser Idioten, die andauernd provozieren und Leute fertigmachen.

»Gab's noch andere Psychos auf deiner Schule?« Konstanze sah mich prüfend an.

»Kann sein, keine Ahnung.« Mir fiel keiner mehr ein, doch bevor ich dazu kam, etwas zu sagen, klingelte es. Die Mädchen rannten in alle Richtungen davon und ich lief irgendwie hinterher.

Herr Schneider, mein neuer Lehrer, war zum Glück sehr nett. Ein bisschen sah er aus wie ein Schauspieler aus einem alten Bergfilm, mit brauner Lederhaut und so. Ungemütlich wurde es erst, als er mich fragte, wie viele Einwohner mein alter Wohnort hätte und wie der Bürgermeister hieß und lauter so Lehrersachen, für die sich kein Kind interessiert. Alle sahen mich gebannt an. Doch zum Glück beantwortete Herr Schneider die meisten seiner Fragen gleich selbst.

»Und wer kann Marie über Münde Auskunft geben?« Niemand zeigte auf. »Dann rate ich dir, selbst die Initiative zu ergreifen und deinen Mitschülern metertiefe Löcher in den Bauch zu fragen.« Herr Schneider blinzelte mir freundlich zu. Dann kündigte er uns an, was bis zu den Herbstferien auf dem Programm stand: ein Musical-Lied für die Herbstfeier einstudieren, ein Buch lesen und eine eintägige Fahrradtour.

Ich schrieb eifrig mit. Franzi, das Mädchen, das neben mir saß, stupste mich an: »He, entspann dich, du brauchst nicht mitzuschreiben, wir kriegen eh ein Blatt.«

»Okay«, flüsterte ich.

Nach der letzten Stunde wartete ich auf die Mädchen, aber alle waren mit dem Fahrrad da. Also ging ich allein zur Haltestelle. Immerhin hatte Sarah mir ihre Handynummer gegeben, als ich sie danach gefragt hatte. Sicher konnte ich morgen mit ihr fahren.

»Mama, ich brauche dringend ein neues Fahrrad!«, rief ich, als ich in die Küche kam. Mama stand mit gerunzelter Stirn vor dem Kühlschrank und gab keine Antwort, dann holte sie einen tiefgekühlten Beutel mit Chili con Carne aus dem Eisfach.

Mein Bruder stand hinter ihr und reckte den Hals. »Das kannst du vergessen!«, verkündete er. »Spiderman isst keine roten Bohnen! Spiderman isst nur Fliegen.«

»Rote Bohnen werden aus roten Fliegenaugen gemacht«, erklärte ich.

Mein Bruder sah mich zweifelnd an.

»Wisst ihr was, Kinder, nur zwei Anrufe, und ich habe bereits einen Job gefunden!«, verkündete Mama stolz. »Münde bringt mir Glück!«

»Was machst du für einen Job?«, fragte Spidy.

»Catering! Gleich morgen muss ich nach Waldenau, weil jemand krank geworden ist ... Ein Beleuchtungsunternehmen feiert ein Jubiläum.« Mama schaute zufrieden.

»Was ist Kettering?«, fragte Spidy.

»Essen kochen und servieren. Auf Partys. Hätte nie gedacht, dass ich so rasch etwas finde ...«

»Schön für dich«, sagte ich. Obwohl mir das ziemlich egal war.

»Wird sicher nicht spät«, sagte Mama. »Aber könntest du dann abends Spidy ins Bett bringen?«

Die Frage war völlig überflüssig. Ich hätte ja sowieso nicht Nein sagen können. Ich murrte etwas.

»He, du willst doch ein neues Fahrrad, meine Tochter«, sagte Mama fröhlich.

»Was hat das damit zu tun?«

»Köpfchen einsetzen!« Mama lachte und tippte sich an die Stirn. »Fahrräder wachsen nicht auf Bäumen und das Geld auch nicht. So, und jetzt setzt euch an den Tisch, Kinder! Ich will nachher noch in die Werkstatt.« Mama schaute vergnügt, als gäbe es nichts Schöneres auf der Welt, als den ganzen Nachmittag auf glühendem Eisen herumzuklopfen.

»Ich geh aber nie ins Bett!«, maulte mein Bruder. »Spiderman muss die ganze Nacht Hauswände hochklettern.« Das konnte ja heiter werden.

Am nächsten Abend ging Mama schon früh weg, weil sie beim Aufbau des Buffets helfen musste.

»Mama verteilt heute Abend scharfe Fischpralinen«, erklärte mir Spidy daraufhin, »ich will auch Fischpralinen!« Aber ich hatte keine Ahnung, wie man Sushi machte. »Dann esse ich eben gar nichts«, sagte Spidy trotzig.

Natürlich bekam er dann doch Hunger. Im Kühlschrank fanden wir eine Schüssel mit Kartoffelsalat, die Mama für uns gemacht hatte. Den ließen wir aber stehen, weil wir nirgends Würstchen fanden. Stattdessen durchforsteten wir die noch nicht ausgepackten Kartons und fanden schließlich Mamas Geheimvorrat an Schokokeksen. Wir aßen alle auf.

Spidy spielte noch an Mamas Computer ein Computerspiel und ich musste dringend Hausaufgaben machen. Als ich fertig war, schrieb ich Sarah, eine Nachricht: *Sollen wir morgen joggen gehen?* Mein Herz klopfte, als ich sie abschickte.

Inzwischen war es neun. »Spidy! Du musst schlafen gehen!«, rief ich.

»Erst musst du mir was vorlesen!« Mein Bruder stürmte in mein Zimmer.

»Klar, hol mir ein Buch.«

»Nein, kein Buch, etwas Richtiges!« Kurz darauf hielt mir Spidy einen Comic unter die Nase. Er tippte mit dem Finger auf die erste Sprechblase: »Lesen!«

»Hey, Spiderman, ich habe einen Job für dich …«

»Weiter …«

Ich richtete mich auf: »Sei mal ruhig, Spidy, ich höre mein Handy.« Vielleicht war das Sarah. Aber es war nur Mama, die fragte, ob alles in Ordnung sei. »Klar«, sagte ich. Im Hintergrund hörte ich Stimmen. Mama erklärte mir, dass es wohl doch etwas später würde, weil sie da noch eine Galeristin getroffen habe, die ihr helfen wolle, einen Ausstellungsort zu finden. Dann fragte sie, ob Spidy schon im Bett sei.

»So gut wie«, sagte ich.

»Danke, Marie.« Ich hörte, wie jemand etwas rief. »Bis morgen«, sagte Mama schnell.

»Tschüss, Mama.«

Es dauerte noch eine ganze Weile, bis mein Bruder endlich im Bett war. Leise wollte ich mich aus seinem Zimmer schleichen.

»Marie … hast du mit dem Fernglas noch mehr Feuer gesehen?«

»Nein.«

»Und Spinnis?«

»Nur eine fette graue Katze …«

»Was hat die Katze gemacht?«

»Keine Ahnung. Ich hoffe, sie jagt keine Vögel!«

Spiderman richtete sich auf. »Komm, wir gehen Katzen jagen!«

»Nein! Schlaf jetzt! Gute Nacht!«

»Aber wir könnten sie wenigstens ein bisschen fesseln? Oder beißen?« Spidy kicherte. »Ich kann sie mit meinem Spinnengift außen steif machen …«

»Nein!«

»Marie …«

»Was ist denn nun schon wieder?«

»Ich bin froh, dass du da bist …«

»Ist gut, schlaf jetzt, Spidy.«

Ich setzte mich auf meine Matratze und blätterte in meinem Vogelbuch: Wie schützte man Jungvögel vor Katzen? Hier stand, indem man die Katze für ein paar Tage nicht nach draußen lässt. Ob ich Frau Kraemer etwas wegen Herkules sagen sollte?

Während ich überlegte, vibrierte mein Handy. Es war Sarah. *Am Freitag um zwei*, schrieb sie. *Wir treffen uns hinter dem Getränkemarkt bei den Glascontainern.* Komischer Ort, um sich zum Joggen zu treffen! Mein Herz hüpfte vor Freude.

Aber das hielt nicht lange an, bald schon war mein Kopf wieder voller Fragen, die mir Angst machten. Worüber sollte ich bloß mit Sarah reden? Ich könnte sie ein bisschen über diesen Björn ausfragen. Und was für coole Orte es in Münde gibt. Bisher hatte ich mir noch nie so richtig viel Gedanken darüber gemacht, über was ich bei einem Treffen mit einer Freundin reden sollte und über was nicht. Sicher war das jetzt auch bloß so, weil ich Sarah kaum kannte. Wenn wir erst richtige Freundinnen waren, würde sich das ändern. Aber über mein früheres Leben wollte ich nichts sagen.

Ich kniff die Augen zu und versuchte, alle komplizierten Gedanken aus meinem Kopf zu scheuchen. Aber ich lag noch lange wach und schlief erst ein, als ich hörte, wie Mama leise die Badezimmertür schloss.

Rotkehlchen sind nicht immer so nett, wie sie aussehen. Erst singen sie, dann posieren sie, schließlich picken sie einander in die Augen.

Anders als geplant

Am nächsten Tag in der Schule war alles schon ein wenig vertraut. Und es fühlte sich gut an, dass ich bereits etwas vorhatte. Genau so fand man Freunde. Kurz vor der großen Pause verließ Herr Schneider das Klassenzimmer, um Blätter zu kopieren. Timo begann, Konstanze mit Papierkügelchen zu bewerfen, die er aus einem nassen Papiertaschentuch geknetet hatte. Ziemlich eklig. Konstanze kreischte und ging auf ihn los. Alle lachten. Ich warf zum Spaß meinen Radiergummi nach ihm.

Dummerweise traf ich aber nicht Timo, sondern Konstanze, die sich blitzschnell umdrehte und mich wütend ansah. »Spinnst du! Das hat voll wehgetan!«

»Sorry«, stammelte ich. »Ich wollte dir bloß helfen.«

»Oh, vielen Dank«, sagte Konstanze herablassend, »aber

diesen Bubi kriege ich schon alleine in den Griff. Nicht wahr, Schatzi?« Timo grinste doof. Offensichtlich genoss er Konstanzes Aufmerksamkeit.

Ich beschloss, mich nicht mehr einzumischen, und beschriftete das Geografie-Hausaufgabenblatt, das Herr Schneider verteilt hatte. Es ging um europäische Länder und ihre Hauptstädte. Ganz einfach, das hatten wir schon in meiner alten Schule gemacht. Franzi schielte auf mein Blatt, aber als ich sie fragte, ob ich ihr helfen könne, schüttelte sie nur den Kopf.

In der großen Pause ging ich sicherheitshalber noch mal zu Sarah. »Es klappt doch mit heute Nachmittag? Sollen wir Konstanze auch fragen?«, fragte ich.

Sarah schaute zu Konstanze hinüber und schüttelte den Kopf. »Konstanze geht mit Leslie und Franzi in die Stadt, Kleider kaufen. Ich hatte keine Lust mitzugehen. Außerdem«, Sarah blickte zu Boden, »habe ich momentan überhaupt kein Geld.«

Zu Hause erklärte ich Mama, dass ich am Nachmittag was vorhätte.

»Kein Problem«, sagte sie. Sie kritzelte etwas auf ihren Block. »Stell dir vor, so wie es aussieht, kann ich mich demnächst an einer Gruppenausstellung mit einer Installation beteiligen, und diesmal möchte ich etwas völlig Neues machen.«

»Einen Bagger!«, rief Spidy begeistert.

Mama schüttelte lachend den Kopf.

»Nein, eher eine Art Maschine, die sich aus sich heraus bewegt«, sagte sie, als wenn sie zu sich selbst sprechen würde. Das machte Mama immer, wenn sie den Kopf voll mit ihrem Kunstzeugs hatte. Dann vergaß sie alles um sich herum. Keine Ahnung, wieso, aber heute nervte mich das total. »Und wann hilfst du mir, meine Pinnwand aufzuhängen?«, fragte ich gereizt.

Mama schaute mich überrascht an. »Später, Marie. Sobald ich das hier habe. Okay?« Mama kritzelte weiter auf ihrem Block herum. »Ich glaube, ich hab's«, murmelte sie. »Chaotica.«

Nach dem Mittagessen lief ich schnell die Treppe hoch. Es war schon zwanzig vor zwei und ich wollte mich noch umziehen.

»Marie, warte!« Mama kam mit ihrem Handy am Ohr aus dem Wohnzimmer gelaufen. »Du könntest doch Spidy auch mitnehmen, wenn du ins Dorf gehst …«

»Ich geh joggen!«, rief ich entsetzt. »Kein Mensch nimmt seinen kleinen Bruder zum Joggen mit!«

»War ja nur ein Vorschlag!«, sagte Mama mit Nachdruck. »Du musst ja nicht gleich überreagieren.« Typisch. Wenn man Mamas Ideen nicht gut findet, behauptet sie immer, man würde überreagieren. Ich ging in mein Zimmer, um in meinem noch immer nicht ausgepackten Koffer nach einem passenden T-Shirt zu suchen, und entschied mich für mein schwarzes, ärmelloses Leichtathletik-Shirt mit den silbernen Streifen. Adi hatte das gleiche, und ich fand, es sah ziemlich cool aus.

Als ich vor dem Getränkemarkt ankam, war es genau fünf vor zwei. Sarah war nirgends zu sehen. Ich setzte mich auf ein Mäuerchen und wartete. Zwanzig Minuten später kam Sarah angeschlendert. Sie trug ein gelbes Schlauchkleid und Sandalen mit Absätzen, was nicht gerade ideal zum Joggen war.

»Ich habe heute doch keine Lust auf Sport«, erklärte sie mir. »Ist doch eh viel zu heiß. Außerdem habe ich Durst.«

»Kein Problem«, sagte ich. »Wir können ja ein anderes Mal joggen gehen.«

Wir gingen in den Getränkemarkt und kauften uns einen Energy-Drink. Ich bezahlte beide Dosen, weil Sarah immer noch kein Geld hatte. Wir setzten uns wieder auf das Mäuerchen. Dann legte Sarah los. Ich erfuhr, dass Leslie sie total nervte, die sich seit ein paar Tagen bei Konstanze »einschleimte«, weil sie sich überall einmischen muss. Sarah erzählte mir auch, dass Konstanze fast jede Woche neue Markenklamotten bekam, weil ihre Eltern sehr reich waren. Danach beschrieb sie Sarah noch jeden Jungen aus der Klasse mit all seinen Vor- und Nachteilen. Die meisten waren laut Sarah kleine Jungs und interessierten sich vor allem für Fußball- und Computerspiele.

»Genau wie in meiner alten Schule«, erklärte ich Sarah

und grinste. Sarah wollte alles über die Jungs aus meiner alten Klasse wissen. Ich gab mir Mühe. »Abduls Vater ist Fleischer«, fing ich an. »An seinem Geburtstag brachte er immer Fleischbällchen mit. Abdul trug auch immer Hemden.« Ich kicherte. »Und Leopolds Vater ist Opernsänger.«

Sarah gähnte. »Opern sind doof ...«

»Find ich auch«, sagte ich schnell. »Aber in unserer alten Klasse gab es sowieso mehr Mädchen als Jungs.«

»Bei uns zum Glück nicht«, erklärte mir Sarah.

»Ist dieser Björn wirklich ein Psycho?«, fragte ich vorsichtig. Der Moment schien mir richtig, Sarah ein bisschen auszuquetschen.

»Konstanze sagt, ja.« Sarah sah mich vieldeutig an. »Ihre Eltern kennen seine Eltern. Sie weiß alles über ihn.«

»Steht sie auf ihn?«, bohrte ich weiter.

»Nein, sicher nicht auf den. Sie steht seit Neuestem auf Timo. Aber du darfst es niemandem sagen. Offiziell findet sie ihn nämlich doof!«

Ich schüttelte den Kopf. »Klar nicht!« Ich genoss es, Sarahs Vertraute zu sein. Sarah schlug vor, noch mal einen Energy-Drink zu holen. Allerdings wollte sie diesmal nicht mitkommen. Als ich zurückkam, sah ich schon von Weitem, dass zwei Mädchen bei Sarah auf dem Mäuerchen saßen: Konstanze und Leslie. Konstanze hatte drei große, protzige Papiertüten dabei, die mit teuren Markennamen bedruckt waren. Ich gab Sarah den Energy-Drink und sie hielt ihn gleich Konstanze hin.

»Was, dieses Zeug trinkt ihr?«, fragte sie und rümpfte ihre Nase. »Ist doch viel zu süß. Davon kriegt man Pickel und Zellulitis.« Sarah stellte ihre Dose auf das Mäuerchen.

»An meiner Schule tranken das alle«, sagte ich entschuldigend.

»Du meinst, die Psychos …?« Konstanze sah vielsagend zu Sarah. Sarah grinste.

»He, schaut mal!« Leslie zeigte zum Kiosk. »Habt ihr die komische Pennerin gesehen? Die ist bestimmt Alkoholikerin. Meine Mutter sagt, dass alle Obdachlosen zu uns ins Dorf kommen, weil man hier mehr Sozialhilfe bekommt.«

»Meinst du die?« Sarah grinste und zeigte auf eine Frau, die in einem gefleckten, viel zu weiten orangen Overall steckte und einen mit Flaschen gefüllten Einkaufswagen auf ein Auto zuschob.

Ich spürte, wie ich knallrot wurde. Die Frau mit dem Einkaufswagen, von der sie redeten, war Mama! Und jetzt schaute sie auch noch genau in unsere Richtung. Hoffentlich hatte sie mich nicht gesehen! So schnell ich konnte, sprang ich auf und verschwand hinter den Glascontainern. Als ich sicher war, dass Mama weg war, ging ich zu den andern zurück. »Wollte nur mal meine Dose wegschmeißen.«

»Hast du die gekannt?«, fragte Leslie.

»W-w…wen?«, stammelte ich.

»Na, die Pennerin … weil sie so zu uns geguckt hat.«

»Nee, wieso sollte ich. Wir kennen sowieso fast niemanden hier …«

»Stimmt, sie kommt ja aus der Stadt«, sagte Konstanze und grinste.

»Was machen eigentlich deine Eltern?« Leslie sah mich neugierig an.

Mein Herz pochte. »Also, meine Mutter …« Ich stockte. »Meine Mutter ist … also, sie arbeitet in einer Art Büro … in einem Reisebüro, und deshalb ist sie auch viel weg. Auf Reisen eben.« Mamas Werkstatt konnte man ja eigentlich auch als Büro bezeichnen. Ich überlegte fieberhaft, was ich von Papa erzählen sollte, denn eigentlich war er ja die ganze Zeit weg. »Und mein Vater arbeitet für eine Entwicklungs…«

»He, schaut mal, wer da kommt!« Leslie hörte mir gar nicht mehr zu. Stattdessen guckte sie zu Timo und Jens, die mit ihren Fahrrädern angefahren kamen. »Irgendein Irrer hat gestern Nacht auf dem Spielplatz ein Feuerchen gelegt«, erklärte uns Timo wichtig.

»Echt?« Sarahs Augen leuchteten. »Das war bestimmt die Pennerin, die machen so Sachen.«

Ich zuckte zusammen. Doch noch bevor ich etwas sagen konnte, hielt ein dunkelblauer Mini vor uns. »Willst du mitfahren, Konstanze?« Eine ältere Frau lächelte uns zu.

»Das ist unsere Putzfrau«, erklärte Konstanze wichtig, und zu Sarah und Leslie sagte sie: »Wenn ihr wollt, fährt sie euch auch gleich nach Hause.«

Konstanze schaute zu mir und machte ein zerknirschtes Gesicht: »Sorry, mehr als drei können nicht mitfahren.«

»Ist schon okay …«, sagte ich.

Aber das war es nicht. Die drei stiegen in den Mini und fuhren davon.

So hatte ich mir den Nachmittag nicht vorgestellt. Irgendwie war alles schiefgelaufen, und ich hatte keine Ahnung, wieso. Konstanze fand mich doof. Wahrscheinlich, weil ich immer das Falsche gesagt oder blöd reagiert hatte. Aber vielleicht bildete ich mir das ja auch nur ein. Vielleicht hatte sie gar nichts gegen mich. Hatte sie nicht auch gesagt, dass es ihr leidtäte, dass es für mich keinen Platz im Auto gab? Ich ging innerlich jedes Wort noch mal durch. Vielleicht war ja wirklich alles gar nicht so schlimm, und alles war nur eine Überreaktion, wie Mama immer sagte. Trotzdem fühlte ich mich kein bisschen besser.

Auf dem Nachhauseweg machte ich noch einen kleinen Umweg zum Spielplatz. Björn war auch da. Ich konnte ihn schon von Weitem sehen.

»Hey«, sagte er. »Was läuft? Schlechte Laune?« Ich schüttelte den Kopf und versuchte ein Lächeln. »Siehst aber so aus.«

»Quatsch.«

Björn hockte aufgestützt auf seinem Skateboard auf der Banklehne und grinste mich an. »Bist du wegen mir da?«

Ich schüttelte den Kopf. »Nein, warum?« Ein Windstoß wehte mir den Geruch von verkohltem Holz in die Nase. »Ich wollte bloß was nachsehen«, sagte ich schnell. Ich sah mich um. Dann entdeckte ich den angekohlten Picknicktisch. »Meinst du, den hat jemand angezündet? Ich habe den Rauch von meinem Fester aus gesehen.«

Björn zuckte nur mit den Schultern. Er schien nicht besonders beeindruckt zu sein.

Ich überlegte krampfhaft, was ich Björn sonst noch erzählen konnte, damit er nicht dachte, ich sei die totale Langweilerin. »Vorhin war ich … also, ich wollte mit einer Freundin, also mit Sarah, joggen gehen.«

»Sarah? Die aus der Sechsten? Ist sie deine Freundin?« Björn sah mich neugierig an, als ich unsicher nickte. »Und Konstanze ist wohl auch deine Freundin?«

Ich zuckte mit den Schultern. »Keine Ahnung.«

Björn fuhr mit den Fingern über die Rollen seines Skateboards. »Hätte mich auch echt gewundert …«

»Ich habe zwei Freundinnen«, sagte ich schnell, »da, wo ich früher wohnte …«

»Besser für dich.«

Ich hätte Björn gerne gefragt, was er damit meinte. Aber dazu kam es nicht.

»Zuuuuugriff!«

Spiderman kam laut brüllend auf uns zugerannt und versetzte mir einen Schlag auf den Rücken. »Spiderman jagt das Froschgesicht! Das bist du!«

»Das ist Spiderman, mein kleiner Bruder«, erklärte ich Björn.

»Den habe ich mir größer vorgestellt«, grinste Björn.

»Meinen Bruder?«

»Nein, Spiderman!«

Björn schaute auf seine Uhr. »Sorry, ich muss gehen …« Er ließ sein Skateboard mit einem lauten Knall aufs Pflaster fallen. Dann rollte er über den holprigen Weg davon.

»Coole Spinne!« Spidy pfiff bewundernd durch die Zähne.

»Komm«, sagte ich.

Während wir zu unserem Haus liefen, erzählte mir mein Bruder, dass Mama inzwischen meine Pinnwand aufgehängt habe, am Abend arbeite und dass er morgen nicht vorhabe, in die Schule zu gehen, weil seine Lehrerin von Kopf bis Fuß doof sei.

»Sie hat überhaupt keinen Humor in sich drin.«

»Aber die anderen Kinder sind nett?«

»Sergio ist mein bester Freund«, erzählte Spiderman eifrig. »Sein Vater ist Tierarzt und er hat einen echten ausgestopften Hahn auf seinem Schreibtisch.«

»Schön für ihn«, sagte ich.

»Sergio hat gesagt, sein Papa zeigt mir, wie man Spinnis ausstopft.«

»Super.«

»Ich habe Sergio gezeigt, wie man Fernsehreporter spielt.« Spidy holte tief Luft. »Die gefährliche Lehrerinnen-

Froschfrau kommt auf Spiderman zugelaufen … gleich wird sie ihn angreifen … doch sie hat keine Chance! Spiderman rennt zur Leseecke! Von da unter ihrem Pult …« Mein Bruder sah mich strahlend an. »Mache ich das gut?«

Ich nickte. »Du hast Talent.«

»Vielleicht mache ich mit den ausgestopften Spinnis auch so eine Institution«, plapperte er weiter. »Genau wie Mama.«

»Du meinst, eine Installation …«

»Sag ich doch!«

Als wir am Gartentor ankamen, blieb Spiderman wie angewurzelt stehen, und zeigte zu den Nachbarn. »Ich will auch grillen.« Ich schlug ihm vor, mithilfe des Fernglases unsere Nachbarn ein bisschen auszuspionieren. Spidy quietschte vor Vergnügen. Wir rannten in mein Zimmer, wo ich mir das Fernglas schnappte.

»Ich sehe sechs Würste auf dem Grill! Und auf dem Tisch sind noch mehr.«

»Lass mich auch mal gucken«, sagte Spidy und presste das Fernglas an seine Augen. »Wenn es dunkel ist, holen wir uns die Würste! Und dann mache ich ein richtiges Feuer. Genau wie auf dem Spielplatz. Spiderman kann das.«

Ich sah meinen Bruder von der Seite an. »Aber du hast doch gar keine Streichhölzer, Spidy?«

Mein kleiner Bruder machte ein ernstes Gesicht. »Soll ich dir ein total geheimes Geheimnis verraten, das nur ich und Sergio kennen?« Ich nickte. »Also …«, begann Spidy umständlich. Doch dann schien er es sich anders zu überlegen. »Nein! Ich erzähl es dir doch nicht!« Spidy drehte sich um und rannte aus dem Zimmer. »Wenn du was nicht erzählen willst, dann brauchst du auch nicht damit anzufangen!«, rief ich ihm hinterher. Was ihn aber nicht sonderlich interessierte. Mit einem Knall schlug er seine Zimmertüre zu.

Mein Bruder hatte es gut. Ihn schien nichts zu bekümmern. Er hatte sogar schon einen neuen Freund. Lustlos ging ich zum Fenster. Wenn wenigstens Adi und Céline da wären! Irgendjemand, mit dem ich über alles sprechen konnte. Aber da war niemand.

Möwen sind ziemlich raffiniert, besonders zu zweit. Die eine lenkt ab und die andere schlägt zu. Und dann streiten sie sich um die Beute.

Die Drohung

Draußen war es dunkel geworden. Wieder beschlich mich dieses komische Gefühl, von dem ich nicht wusste, woher es kam. Es machte mir Angst. »Hör jetzt auf, Marie!«, sagte ich laut. »Hier gibt es nichts Schreckliches! Nur der Nachmittag ist saublöd gelaufen. Alles ist okay!« Das funktionierte zumindest ein bisschen. Ich hörte die Amsel und nahm mein Vogelbuch hervor. Mal sehen, was darin über Amseln stand. Ich las, dass Amselweibchen öfter gefressen werden als Amselmännchen, weil sie sich vermehrt am Boden aufhalten, um Futter zu suchen. Das Wort »öfter« war fett unterstrichen. Ich ging zum Fenster und spähte hinaus. Die kleine Amsel saß unter dem Gartentisch und putzte ihre Federn. Die graue Katze saß in sicherer Entfernung auf der Terrasse. Ich öffnete das Fenster: »Du musst wegfliegen!« Als ob sie mich verstanden hätte, machte die Amsel einen Hüpfer und flog mit einem hellen, gellenden Schrei davon. »Das ist ein Zeichen«, flüsterte ich erleichtert. »Die Amsel hat mich verstanden. Und weil ich sie gerettet habe, wird morgen alles besser.«

Ich schnupperte. Die Luft roch verführerisch nach Bratwürsten und mein Magen begann zu knurren. »Marie, ich will eine gebratene Wurst!« Spidy stand in meinem Zimmer und hielt mir Mamas Einkaufsnetz, das er an einem Stock befestigt hatte, entgegen. »Zum Würstchenangeln. Wenn die da drüben grad nicht hinsehen.«

»Aber doch nicht so!«, rief ich und grinste. »Ich habe eine bessere Idee! Wir stellen uns unauffällig an den Zaun. Frau Kraemer ist total nett. Bestimmt lädt sie uns dann gleich ein.« Spidy sah mich skeptisch an. »Die haben so viele Würste, die können gar nicht alles alleine essen«, erklärte ich ihm. »Du setzt einfach deinen Hundeblick auf … so!« Ich hielt den Kopf schräg und sah ihn flehend an. Spidy war begeistert.

Schnell lief ich die Treppe hinunter und Spidy hüpfte hinterher. Doch vor der Haustür überholte er mich und rannte geradewegs auf das Gartentor zu. »Spidy! Warte!«, rief ich mit gepresster Stimme.

»Zugriiiiiff!« Zu spät! Spidy stand bereits bei unseren Nachbarn am Tisch und schnappte sich ein Brötchen. »Spiderman hat Hunger!«, rief er und strahlte.

So schnell wie möglich lief ich zum Tisch: »Hallo, ähem,

tut mir leid, dass mein Bruder einfach so …«, stammelte ich. »Das mit dem Zugriff sagt er bloß zum Scherz … Weil die Polizisten das in den Fernsehkrimis auch immer sagen.« Niemand lachte.

»Das sind die Kinder unserer neuen Nachbarin«, erklärte Frau Kraemer. »Die Mutter ist Künstlerin.« Die andere Frau hob die Augenbrauen und musterte uns.

»Willst du Chips?«, fragte das Mädchen und streckte Spidy eine Schüssel hin.

»Du bist sicher Tiffany«, sagte ich so nett wie möglich.

Das Mädchen nickte und musterte mich skeptisch. »Ich habe ein Pony«, erklärte sie mir wichtig. »Es heißt Stella.« Danach griff sie in die Schüssel und reichte mir eine Handvoll Chips.

»Ist schon gut, Tiffany«, sagte Herr Kraemer und beobachtete, wie Spidy in die Schüssel griff. »Hattet ihr denn noch kein Abendessen?«, fragte er. Wir schüttelten beide den Kopf. »Und wo ist eure Mutter …?«

»Sie verteilt jetzt jeden Abend gefüllte Sektgläser …!«, erklärte Spidy. »Und dann zieht sie sich ganz schick an.« Spidy stakste über die Veranda, als würde er Schuhe mit Absätzen tragen, dazu wackelte er wie wild mit seinem Po.

»Nicht so«, sagte ich schnell. »Und auch nicht jeden Abend. Bloß, wenn so ein Mann anruft. Er vermittelt meine Mutter an diese Partys …« Blöderweise fiel mir das Catering-Wort nicht ein.

Die Frau am Tisch raunte Frau Kraemer etwas zu, das

ich aber nicht verstehen konnte. Frau Kraemer kniff die Lippen zusammen. »Dann schauen wir mal, was wir für euch haben«, sagte Herr Kraemer mit einem Seitenblick auf seine Frau. Sorgfältig wickelte er zwei Würste in eine Papierserviette. »So, ihr bekommt jetzt beide eine Wurst und dann geht ihr schön wieder nach Hause. Und nicht, dass mir das einreißt!« Jetzt lachten alle.

»Oh, vielen Dank«, sagte ich hastig.

Spiderman packte die Wurst. »Daaanke«, sagte Frau Kraemer überdeutlich und schaute wieder vieldeutig zu ihrem Mann.

Ich zog meinen Bruder am Arm. »Komm, Spidy, wir gehen.« Tiffany winkte uns nach. Mein Bruder biss glücklich in seine Wurst und ich hielt ihn fest an der Hand. Hand in Hand gingen wir zurück.

»Hat doch super geklappt«, sagte Spidy stolz, als wir wieder zu Hause waren.

»Findest du? Ich finde, das war superpeinlich! Hast du nicht bemerkt, wie die uns komisch angeguckt haben?«, sagte ich. Dann guckte ich im Kühlschrank nach, ob es wenigstens sonst noch etwas Essbares gab. Aber ich fand nur Reissalat und darauf hatte ich überhaupt keine Lust. Mir war elend zumute und mein Herz klopfte laut. So wie hinter dem Getränkemarkt, als Leslie meine Mutter als Pennerin bezeichnet hatte. Irgendwas stimmte nicht mit uns. Mit Mama, Spiderman und mir …

Spidy sah mich unsicher an. »Bist du traurig? Soll ich noch mehr Würste holen? Spiderman kann auch alleine gehen …«

»Ach, lass mich doch mit diesen doofen Würsten in Ruhe!«, sagte ich schroff.

Als Spidy endlich im Bett war, beobachtete ich eine ganze Weile, wie Herr Kraemer den fetten Kater Herkules mit Wurststückchen fütterte, als plötzlich meine Zimmertüre leise aufging. »Marie, kann ich heute bei dir schlafen?« Spidy stand in seinem Schlafanzug da, hatte sein Kissen unter den Arm geklemmt und sah mich flehend an.

»Wenn du versprichst, dass du dann gleich einschläfst.«

»Ehrenwort.«

Wenig später lagen wir unter meiner Decke. »Marie.«

»Du musst jetzt schlafen.«

»Ich kann aber nicht.«

»Psst, sei mal ruhig.«

»Warum muss ich ruhig sein?«

»Ich glaube, die kleine Amsel ist wieder da. Wahrscheinlich sucht sie Futter. Amseln kann man mit weichem Futter anlocken. Mit Rosinen, Äpfeln und Haferflocken. Wir könnten morgen was rauslegen. Hast du Lust?

»Marie …? Ich mag nicht immer Sachen über Vögel hören.«

»Wieso? Ich weiß noch viel mehr über Amsel. Ich kann dir auch etwas Spannendes aus meinem Vogelbuch vorlesen.« Ich richtete mich auf. »Wenn Amseln nervös sind, dann wippen sie mit dem Schwanz. So.« Ich schlenkerte mit der Hand auf und ab. »Und sie können sogar im Flug schlafen …«

Neben mir hörte ich ein leises Schnurren. Mein Bruder war endlich eingeschlafen.

Damit ich ihn nicht wieder aufweckte, blieb ich stocksteif liegen und rührte mich nicht. Bequem war das nicht, aber irgendwie war es trotzdem schön.

Als der Wecker klingelte, hatte ich das Gefühl, keine Minute geschlafen zu haben. Spidy lag immer noch zusammengekrümmt unter meiner Bettdecke. Ich hatte ihm eingeschärft, dass wir Mama nichts von unserem Besuch bei den Kraemers erzählen sollten. Sonst würde Mama sie bestimmt gleich zu uns einladen. Aber Mama stellte keine Fragen, als wir zum Frühstück runterkamen. Sie stand in der Küche und schmierte für Spidy ein Pausenbrot.

»Ich fahre am Nachmittag mit Spidy in die Stadt, um Lötkolben zu kaufen. Magst du mitkommen?« Mama sah mich fragend an. Ich schüttelte den Kopf und sagte ihr, dass ich lieber hier was unternehmen wolle. »Das ist doch sehr gut.« Mama sah mich lächelnd an. »Ich habe gewusst, dass du dich hier schnell einleben wirst. Du machst das toll, Marie!«

Am liebsten hätte ich sie angeschrien, dass ich gar nichts toll machte und dass ich es hasste, hier zu sein. Stattdessen sagte ich: »Ich finde übrigens, du solltest Spiderman keine Streichhölzer zum Spielen geben!«

Mama sah mich erstaunt an. »Wie kommst du denn auf die Idee, Marie?«

Worauf Spiderman in exakt Mamas Tonfall sagte: »Also wirklich, Marie!« Dann klingelte Mamas Handy.

»Ich muss gleich mal nachschauen«, sagte Mama, »aber ich denke, das passt schon. Falls ich dann nicht da bin, stellen Sie mir die Teile vor die Werkstatt … ja, ja, klar … kein Problem …« Hastig lief sie aus der Küche.

»Warum kommst du nicht mit?« Spidy sah mich prüfend an.

»Weil … egal!«, sagte ich und ging aus der Küche.

Ich hatte nicht die geringste Ahnung, was ich nach der Schule machen sollte. Sarah zu fragen, ob wir was gemeinsam machen wollten, war wohl auch keine gute Idee. Außerdem hatte sie seit unserem letzten Treffen sowieso kaum mit mir geredet. Irgendwie kam es mir sogar vor, als wenn sie mir auswich. Langsam schlenderte ich in Richtung Dorfladen. Mama hatte mir Geld für das Mittagessen gegeben. Vielleicht reichte es, damit ich mir noch eine Zeitschrift kaufen konnte oder ein Duschgel, das nach Kokosöl roch.

Auf halber Strecke überholte mich Björn auf seinem Skateboard. Abrupt hielt er an und sprang vom Brett. »Auf dem Weg zum Joggen?« Björn grinste.

»Sicher nicht! Wie kommst du denn darauf?«

Das klang unfreundlicher, als ich wollte. Deshalb sagte ich schnell: »Ich geh zu diesem kleinen Laden, mir was zu essen kaufen.« Björn sollte nicht denken, dass ich zickig bin.

Aber Björn klemmte nur sein Brett unter den Arm und trottete neben mir her. »Der Laden hat aber mittags zu. Das weißt du?«

»Nein, keine Ahnung. Ich dachte, der hat immer offen …«

»He, das ist Münde und nicht New York …«

»Warst du schon mal in New York?« Ich kannte niemanden, der schon mal in New York war.

»Nein«, sagte Björn, »aber vielleicht gehe ich später da mal hin. Nach New York oder sonst wohin. Sicher bleibe ich nicht hier. Münde ist total öde. Weißt du, weshalb Münde so heißt?« Ich schüttelte den Kopf. »Ich schon«, sagte Björn. »Weil hier die Langeweile in den Hinterwald mündet.« Björn sah mich von der Seite an und lächelte. »Egal! Aber wenn du was zu essen kaufen willst, der Dönerladen, der hat immer offen.«

»Alles klar. Dann geh ich vielleicht dorthin. Danke für den Tipp.«

Björn sah sich um. »Okay, ich muss jetzt auch gehen. Mein Vater kommt heute aus Dubai zurück.« Björn verzog den Mund.

»Wieso, ist doch cool … Was macht er da?«

»Arbeiten.« Björn grinste. »Und manchmal ist er auch bei seiner Freundin.« Das Wort »Freundin« sagte er ziemlich abschätzig.

»Und deine Mutter?«, fragte ich vorsichtig.

»Na, was denkst du, die macht Terror.«

»Anstrengend?«

»Mir doch egal, die spinnen sowieso ... Also dann, tschüss.«

Ich hätte Björn gerne gesagt, dass Mama auch anstrengend war, aber Björn sprang auf sein Brett und fuhr in Windeseile davon. Mein Herz klopfte bis zum Hals.

Als ich beim Döner ankam, standen da Timo, Jens und Alper aus meiner Klasse und ein Junge, den ich noch nie gesehen hatte. Alper nickte mir zu. Sonst sagte keiner ein Wort zu mir. Ich sagte auch nichts. Stattdessen drehte ich mich um und lief in Richtung Dorfladen. In einer halben Stunde würde er sowieso öffnen. So lange konnte ich auch warten.

Ich kaufte drei dänische Plunderstücke und eine Dose Eistee. Das Duschgel hatte ich vergessen. Als ich zu unserem Haus kam, ging ich einfach weiter in Richtung Spielplatz. Ein bisschen hoffte ich, dass Björn schon wieder da war. Aber ich war wohl noch zu früh. Eine ältere Frau saß auf einer Bank und sah einem kleinen Hund zu, der sich im Sandkasten wälzte. Aber wer war das da hinten? Halb verdeckt vom Baum, saß Konstanze auf dem Pingpongtisch, und neben ihr stand Timo. Beide hielten eine Zigarette in der Hand. Noch bevor ich mir überlegen konnte, ob ich zu ihnen gehen sollte, klingelte mein Handy. Ich zuckte zusammen. Es war Sarah. Sie fragte mich, ob sie bei mir zu Hause vorbeikommen könne, um sich das Mathe-Hausaufgabenblatt zu holen. »Ich hab es in der Schule vergessen ... und Konstanze antwortet nicht ...«, erklärte sie mir.

»Ich kann es dir auch bringen«, sagte ich hastig. »Ich bin sowieso unterwegs.«

»Echt?« Sarah klang total erfreut. »Danke, bist echt ein Schatz! Wenn ich nämlich die Matheaufgaben bis morgen nicht gemacht habe, kriege ich einen Eintrag. Und ich hab doch schon zwei ...«

»Kein Problem!«, sagte ich. Sarah erklärte mir den Weg und ich verließ eilig den Spielplatz.

Jetzt war ich mir wieder sicher, dass Sarah mich nett fand. Sonst hätte sie nicht mich angerufen. Es dauerte ein wenig, bis ich den Fliederweg gefunden hatte. Sarah öffnete mir gleich nach dem ersten Klingeln die Tür. »Das ist wirklich total nett, dass du mir die Hausaufgaben vorbeibringst. Mein Vater hat so einen Drucker-Kopierer, da kann ich das Blatt kopieren.«

Aus dem Zimmer am Ende des Flurs war ein lautes Quietschen zu vernehmen.

»Habt ihr Haustiere?«

»Meerschweinchen«, sagte Sarah. »Sie gehören meiner kleinen Schwester.«

»Ich habe einen jüngeren Bruder«, sagte ich. »Er sammelt Spinnen. Neuerdings will er sie sogar ausstopfen.« Ich kicherte.

»Echt? Und das hältst du aus?« Sarah rümpfte die Nase.

»Daran gewöhnt man sich. Ich habe keine Angst vor toten Spinnen, die sind harmlos. Darf ich die Meerschweinchen sehen?«

Wir gingen ins Zimmer ihrer Schwester, wo zwei kleine Meerschweinchen in einem Käfig saßen und aufgeregt qiekten. Sarah war äußerst gesprächig. Sie erzählte mir alles über die Meerschweinchen. Wie alt sie waren, woher sie stammten und wie viele Meerschweinchen schon gestorben waren . Sarah erzählte mir auch, dass sie und Konstanze ausgemacht hätten, sich bei der Fahrradtour, die uns Herr Schneider angekündigt hatte, absichtlich zurückfallen zu lassen, um sich dann bei der erstbesten Gelegenheit abzusetzen.

»Warum?«

Sarah kicherte. »Weil's lustig ist. Eigentlich ist alles Konstanzes und meine Idee«, fuhr sie fort. »Aber Leslie macht vielleicht auch mit. Falls sie sich traut …«

»Ich muss dir unbedingt etwas erzählen«, sagte ich aufgeregt. »Du hast doch gesagt, Konstanze hat nicht geantwortet … am Handy …« Ich holte tief Luft. »Konstanze ist mit Timo …«

Ich erzählte Sarah alles, was ich gesehen hatte. Sarah wollte alle Details hören, und ich gab mir die größte Mühe, alles noch ein wenig auszuschmücken.

»Und sie hat wirklich geraucht?«, hakte Sarah nach.

»Sie hatte eine Zigarette in der Hand …«

»Ist ja krass! Wenn das ihre Eltern erfahren, drehen die total durch …«

Es war ein ungemein tolles Gefühl, dass ich etwas wusste, für das sich Sarah brennend interessierte. Sarah und ich waren jetzt eine Art verschworene Gemeinschaft! Doch mein gutes Gefühl hielt nicht lange an. Denn kaum war ich wieder zu Hause, vibrierte mein Handy. Eine Nachricht. *Du miese Spionin! Morgen bist du dran.* Die Nachricht kam von Konstanze.

Wenn es blitzt und donnert, sitzt die kleine Amsel unter dem Vordach von Mamas Werkstatt. Ich geh ganz nah zu ihr hin. Sie fliegt nicht weg. Das beweist: Vögel fürchten sich vor Gewitter mehr als vor Menschen.

Nichts ist mehr so wie vorher

Mein Herz klopfte so heftig, dass es schmerzte. Was hatte Konstanze vor? Mit Céline hatte ich nie so richtig Streit gehabt. Manchmal war sie etwas mürrisch, aber lange hielt ihre schlechte Laune nie an. Als Adi und ich in die zweite Klasse gingen, war Adi einmal so wütend auf mich, dass sie mir ihre Blockflöte auf den Kopf schlug, worauf ich ihr meine Seite aus ihrem Freundschaftsbuch riss. Danach heulten wir beide und versöhnten uns wieder. Das war der schlimmste Streit, an den ich mich erinnern konnte.

Aber das hier war anders. Ich starrte auf mein Handy. Weshalb wusste Konstanze überhaupt, dass ich sie gesehen hatte? Hatte sie mich auch gesehen? Hatte Sarah ihr alles erzählt? Vielleicht war ja alles nur ein Missverständnis. Ich schaute wieder auf mein Handy. *Morgen bist du dran …* Nein, Konstanze hasste mich, das war unmissverständlich. Ich überlegte fieberhaft, was ich tun sollte. Vielleicht entschuldigte ich mich einfach bei ihr. Papa sagt, man kann jeden Fehler wiedergutmachen, man muss nur wollen.

Zu Hause ging ich sofort in mein Zimmer. Ich hörte, wie Mama unten im Wohnzimmer Spidy bei seinen Hausaufgaben half. »Vier Spinnen haben zusammen wie viele Beine?«, hörte ich Mama fragen.

»Das ist die Achterreihe und die hatten wir noch gar nicht …«, beschwerte sich Spidy.

»Du wirst schon keinen Schaden davontragen, wenn du es trotzdem weißt …«

»Doch«, rief Spidy. »Ich werde von Mathe total beschädigt!«

Kurz darauf klingelte mein Handy. Ich zuckte zusammen. »Hallo, Prinzessin! Ich versuche schon den ganzen Nachmittag, Bernadette zu erreichen, hat sie ihr Handy verloren …?« Es tat gut, Detlefs Stimme zu hören.

»Nein, sie ist unten und macht mit Spidy Hausaufgaben. Warte, ich hol sie.«

»Nein, lass sie nur, sag ihr, sie soll mich später anrufen.« Detlef machte eine kurze Pause. »Aber jetzt, wo ich dich dranhabe: Wie läuft's denn in der neuen Schule?«

»Normal«, sagte ich.

»Na, hör mal, Prinzessin …« Detlef lachte. »Normal ist doch langweilig! Keine netten Jungs?«

»Geht so …«

»Na ja, verstehe. Geht mich auch gar nichts an. Ich komme euch übrigens demnächst besuchen …«

»Ja, schön. Also dann, tschüss.« Ich hatte keine Lust, länger mit Detlef zu reden, vor allem nicht über die Schule.

»Bis bald, Prinzessin.«

Als ich Mama ausrichtete, dass Detlef angerufen hatte, beschwerte sie sich, dass ich sie nicht geholt hatte. »Ist das meine Schuld, wenn du dein Handy in der Werkstatt vergisst?« Mama sah mich genervt an. Doch nachdem sie mit Detlef telefoniert hatte, war sie bereits wieder voller Tatendrang. »Weißt du was, jetzt stellen wir deinen Kleiderständer auf.«

»Muss das jetzt sein?«

»Du willst doch deine Kleider nicht ewig im Koffer lassen, Marie?« Mama schwatzte und schwatze und erzählte begeistert von ihrer Installation. Aber ihre Worte prallten an mir ab. Wie ein Ball, den man gegen eine Wand wirft. Die ganze Zeit musste ich an Konstanze denken. Ich fühlte mich wie in Trance.

»Marie, hörst du mir überhaupt zu? Du bist so abwesend.« Mama reichte mir eine Stange. »Halt mal, bitte!« Die Stange fiel scheppernd zu Boden. »He, pass doch auf!« Mama konnte gerade noch rechtzeitig ihren Fuß wegziehen. »Was ist nur los mit dir?«

»Nichts!«, sagte ich trotzig. »Ich habe einfach keine Lust, diesen blöden Kleiderständer zusammenzubauen.«

»Und ich habe keine Lust auf deine schlechte Laune, meine liebe Tochter«, sagte Mama und packte energisch eine Stange. »Jetzt komm schon. Ich habe nicht ewig Zeit.« Flink steckte sie die einzelnen Teile des Kleiderständers zusammen. Sie fragte mich nicht mehr, ob ich ihr dabei helfen würde. »So, jetzt kannst du endlich deine Sachen richtig aufhängen.« Mama strahlte. »Zufrieden?«

Als sie wieder draußen war, hängte ich wie in Zeitlupe eine Hose und eine Kapuzenjacke an die Stange. Ich starrte auf den Kleiderstapel, der neben meiner Matratze lag. Ich hatte nicht die geringste Lust, mich hier einzurichten. Ich hasste dieses blöde Zimmer. Im Kleiderstapel entdeckte ich den blauen Pullover, den mir Papa zu meinem zehnten Geburtstag geschenkt hatte. Er passte mir längst nicht mehr. Aber ich liebte ihn über alles. Ich drückte ihn an meine Nase und schloss dabei meine Augen. Er roch immer noch nach unserer alten Wohnung.

Am nächsten Morgen war ich viel später dran als sonst. Ich schaffte es einfach nicht, mich schneller fertig zu machen, obwohl ich unbedingt noch vor dem Unterricht mit Konstanze reden wollte. Mama wollte schon wissen, ob ich heute später Schule habe. Aber ich beruhigte sie und behauptete, dass ich die Zeit schon im Griff hätte. Ohne mein Frühstück auch nur angerührt zu haben, rannte ich aus der Küche.

Als ich über den Schulhof lief, fühlten sich meine Beine

zentnerschwer an. Ich wollte das Gespräch mit Konstanze so schnell wie möglich hinter mich bringen. Unangenehme Dinge soll man immer gleich hinter sich bringen, hatte meine Oma immer gesagt. Von alleine schmelzen die nicht weg.

Konstanze stand zusammen mit Sarah, Leslie und Franzi vor der Eingangstüre. Sie hielt ihr Handy in die Luft und machte einen Schmollmund. Sarah bemühte sich, auch auf das Foto zu kommen. Ich lief geradewegs auf sie zu.

Ich hatte mir bestimmt dreitausend Mal überlegt, was ich zu Konstanze sagen würde. Dass es mir leidtat und dass ich das mit dem Rauchen überhaupt niemandem erzählt hatte, mit Ausnahme von Sarah. Aber als ich jetzt vor ihr stand, stammelte ich nur: »H… hallo, Konstanze.« Konstanze würdigte mich keines Blickes. »Ich wollte … also … wegen gestern …«

Konstanze beachtete mich noch immer nicht. Stattdessen zielte sie mit dem Handy auf Franzis Füße und machte ein Foto. »Deine Turnschuhe sind echt scharf …«

Franzi blieb stehen und strahlte, als hätte sie einen Preis gewonnen. »Ich hab sie neu …«, sagte sie und erklärte den andern umständlich, was die Vorzüge dieser Schuhe waren.

Konstanze flüsterte Sarah etwas ins Ohr, worauf Sarah kicherte. »Komm, wir gehen rein!« Sarah hängte sich bei Konstanze ein und zog sie mit sich fort.

Ich stand immer noch regungslos da. Sie hatten einfach so getan, als sei ich unsichtbar. Meine Worte hingen immer noch in der Luft und hallten grell in meinen Ohren nach. Wie eine Schlafwandlerin lief ich ins Klassenzimmer.

Im Unterricht sprach Franzi kein Wort mit mir, und als ich ihr wie üblich das Matheblatt hinschob, damit sie die Resultate vergleichen konnte, tat sie so, als hätte sie es nicht bemerkt, und schaute angestrengt zum Fenster hinaus.

Ich musste mit Konstanze reden. Unbedingt. Während der ganzen Stunde konnte ich an nichts anderes denken. »Es tut mir leid«, sagte ich innerlich immer wieder vor mich hin. »Ich bin keine Verräterin.«

In der großen Pause machte ich einen erneuten Versuch. Natürlich hätte ich mir gewünscht, sie wäre alleine gewesen, aber die andern Mädchen standen alle um sie herum. Ich stellte mich genau vor sie hin. So, dass sie mich ansehen musste. »He, es tut mir leid wegen gestern, ich wollte wirklich nicht …«

Ich spürte, wie meine Beine zitterten. Konstanze sah mich für einen kurzen Augenblick scharf an. Aber dann ging ihr Blick durch mich hindurch. »Ich glaube, da führt jemand Selbstgespräche«, sagte sie in herablassendem Tonfall. Alle lachten, so als hätte Konstanze etwas besonders Lustiges gesagt.

Ich blieb stehen, weil ich nicht wusste, was ich sonst hätte tun sollen. Wegrennen wäre feige und kindisch, obwohl es das war, was ich am allerliebsten getan hätte.

Für den Rest des Vormittags gab ich mir Mühe, mich auf

meine Deutschblätter zu konzentrieren, und tat dabei so, als bemerkte ich die Blicke der andern nicht. Als die Schulglocke endlich klingelte, packte ich hastig meine Sachen zusammen. Erst hoffte ich, es würde sich vielleicht jetzt eine Gelegenheit ergeben, mit Konstanze zu reden, aber als Herr Schneider mich zu sich rief, war ich dann doch ziemlich erleichtert. Denn tief in meinem Innern wollte ich gar nicht mehr mit ihr reden.

»Marie!« Herr Schneider stand lächelnd vor mir. »Es wäre nett, wenn du mir helfen könntest, ein paar Bücher runter in die Bibliothek zu tragen. Dann siehst du auch gleich, wo sie ist ... oder warst du schon mal in der Bibliothek?« Er drückte mir einen Stapel mit Büchern in die Hand. »Und, hast du dich schon eingelebt bei uns?« Herr Schneider ging mit riesigen Schritten voraus. Ich bemühte mich, mit ihm Schritt zu halten.

»Ganz okay«, sagte ich. Das war eine Lüge.

»Wir haben ja zum Glück eine wirklich tolle Klasse.« Herr Schneider drückte mit dem Ellbogen die Türklinke hinunter. »Konstanzes ältere Schwester ging auch schon zu mir in die Klasse. Ein sehr cleveres Mädchen ... Sie studiert jetzt internationales Recht in Genf.«

»Toll«, sagte ich. Meine Stimme klang dabei ganz piepsig.

Herr Schneider erzählte immer weiter. Er klang so stolz, als wäre der Erfolg von Konstanzes Schwester sein persönlicher Verdienst. Ich erfuhr, dass ihre Eltern beide Anwälte waren und viel für die Schule getan hätten.

»So«, sagte Herr Schneider zufrieden. »Vielen Dank, Marie. Hoffentlich, kommst du jetzt nicht zu spät zum Mittagessen. Und vergiss nicht, mir morgen die Anmeldung für unseren Ausflug mitzubringen!«

»Mach ich!«, rief ich und lief schnell über den Schulhof. Hoffentlich hatte ich nicht den Bus verpasst. Beim Ausgang kam mir Herr Bela, der Hauswart, entgegen. Er schleppte einen bis zum Rand gefüllten Wassereimer.

»Wenn ich diese Idioten erwische, können sie was erleben«, schimpfte er. »Das ist schon das zweite Mal, dass dieser Scheißmülleimer brennt!«

Aus dem Mülleimer auf dem Pausenplatz quoll dunkler Rauch, verkohlte Papierfetzchen wirbelten durch die Luft. Alper, Jens und ein paar Jungs standen herum und starrten auf den rauchenden Mülleimer.

Herr Bela goss das Wasser über den Mülleimer, so dass es nach allen Seiten spritzte. Die Jungs lachten. »Was lacht ihr so blöd!«, rief Herr Bela. »Habt ihr nichts Besseres zu tun!« Schnell ging ich weiter.

»Marie! Warte auf mich!« Hinter mir hörte ich ein Keuchen.

»Spidy, wo kommst denn du her?«, rief ich erfreut.

»Aus der Schule! Genau wie du!«

»Jemand hat den Mülleimer angezündet! Und der dicke Mann mit der Glatze ist tollwütig geworden!« Spidy quietschte vor Vergnügen und rannte voraus.

Als wir im Bus saßen, schwang er sich wie ein kleiner

Affe von einer Stange zur andern. Eine Frau wies ihn mürrisch zurecht: »He, he, kannst du dich nicht anständig hinsetzen, so wie alle andern Leute auch. Das ist doch kein Zoo hier …«

Ich starrte aus dem Fenster und bemühte mich, so zu tun, als ob ich meinen Bruder nicht kennen würde. Was nicht besonders einfach ist, wenn man dauernd mit dem Namen gerufen wird. »Marie! Schau mal, wie gut ich klettern kann!« Die Frau musterte mich missbilligend und ich streckte ihr innerlich die Zunge raus.

»Ihr kommt spät«, begrüßte uns Mama. Sie verschränkte die Arme vor der Brust. »Übrigens finde ich es nicht so toll, dass Spiderman und du bei unseren Nachbarn um Essen betteln geht.«

»Wieso, wir waren gar nicht betteln …«, sagte ich.

»Da habe ich aber etwas anderes gehört«, sagte Mama. »Frau Kraemer hat mir erzählt, ihr hättet bei ihr nach Würsten verlangt, weil ich nicht zu Hause war. Ich will das nicht, Marie! Ihr könnt doch wirklich zu Hause essen.«

»Mama, wir haben wirklich nicht gebettelt, sondern Würste erobert, die haben einen echten Feuergrill«, rief Spidy. »Kaufen wir auch so einen?«

»Wann genau hat sie das gesagt?«, fragte ich.

Mama verdrehte die Augen: »Das spielt doch keine Rolle. Sie kam heute zwei Mal vorbei, weil Spidy offenbar mit unserer Geflügelschere ihre Rosen geköpft hat …«

Mama seufzte. »Marie, du musst wirklich besser auf ihn aufpassen, wenn ich nicht da bin.«

Ich spürte, wie eine unbändige Wut in mir hochstieg. »Nein, das muss ich nicht!«, schrie ich. »Ich kann nicht immer auf ihn aufpassen!«

»Marie!«

»Spiderman kann auf sich alleine aufpassen«, sagte Spidy und sah dabei ziemlich beleidigt aus. »Tiffany wollte, dass ich die Rosen abschneide! Wir haben gespielt, dass ein schlimmer Sturm kommt und alle Blumen köpft …«

»Siehst du? Hast du das Frau Kraemer gesagt?« Ich schaute Mama wütend an.

»Ist ja gut, Marie. Beruhige dich!« Mama seufzte. »Ich möchte einfach keinen Ärger bekommen. Ich glaube, die Frau ist etwas spießig …«

»Die ist nicht spießig!«, fuhr ich Mama an. »Die ist nett. Sie hat uns eingeladen! Immer musst du dich überall einmischen! Du bist selbst spießig!« Ich rannte aus der Küche und schlug die Türe zu.

Ich war immer noch sauer. Wütend trat ich gegen den gelben Hocker, der jetzt in meinem Zimmer stand. Mama mit ihrem blöden Gelbfimmel! Und mein Sitzsack war natürlich noch nicht wiederaufgetaucht. Von weit her hörte ich eine Kirchturmuhr schlagen. Es war Punkt eins. Langsam packte ich meine Tasche aus, um meine Hausaufgaben zu machen. Aber irgendwie konnte ich mich überhaupt nicht konzentrieren. Also begann ich, einfach die Buchstaben farbig anzumalen. Über das i setzte ich einen kleinen Vogel.

Leise ging meine Zimmertüre auf. »Marie, bist du noch wütend?« Ich schüttelte den Kopf. »Was machst du?«

»Ich zeichne einen Vogel.«

Mein Bruder schaute mich unschlüssig an. »Soll ich dir auch einen Vogel zeichnen?«

»Wenn du willst.«

»Bist du dann wieder glücklich?«

Mein Bruder blätterte neugierig in meinem Wochenheft. »Was ist das?« Er schnappte sich das das Info-Blatt zum Schulausflug. »Gib her!«, sagte ich schnell. Auf keinen Fall durfte ich vergessen, Mama daran zu erinnern, dass sie es unterschreiben musste. Als Nächstes streckte mir Spidy mein Handy entgegen. »Du hast eine Nachricht.« Adi hatte mir ein Foto geschickt, das sie, Céline und Bianca aus der Parallelklasse beim Inlineskaten zeigte. Céline und Bianca klammerten sich an Adi und grinsten in die Kamera. Unter dem Foto stand: *Wir vermissen dich!* Ich schluckte. Dann schickte ich ihr ein Foto von Spidy und mir, das wir am ersten Tag vor dem Haus gemacht hatten. *Megacool!*, schrieb Adi. Sie hatte keine Ahnung.

Die Federn der Waldschnepfe sind genauso braun wie der Waldboden. Deshalb ist sie stets gut getarnt. Einzig ihre riesigen Augen stechen überall heraus. Ihr Ruf ist scharf und hoch.

Busfahrt mit Sarah

In den nächsten Tagen schien sich Konstanze nicht sonderlich für mich zu interessieren. Sie redete allerdings immer noch kein Wort mit mir. Und wenn ich auf dem Schulhof versuchte, mit Sarah ein Gespräch anzufangen, zog sie sie weg. Weil Konstanze im Unterricht dauernd mit Sarah und Leslie schwatzte, setzte Herr Schneider sie kurzfristig neben Timo, was dazu führte, dass die beiden die ganze Zeit tuschelten. Leslie krähte lauthals, die beiden seien jetzt ein Paar.

Sarah jedenfalls war jetzt fast immer mit Leslie zusammen. Jeden Mittag wartete sie auf Leslie, um mit ihr nach Hause zu fahren, obwohl sie deshalb einen Umweg machen musste. Doch dann stand sie am Mittwoch nach der Schule plötzlich alleine vor dem Brunnen. Als sie mich sah, schaute sie sich erst um, und dann kam sie eilig auf mich zugelaufen.

»Mein Rad hat einen Platten«, sagte sie mit einem vorwurfsvollen Unterton. »Leslie ist einfach ohne mich abgehauen. Dabei hat sie gesagt, sie hilft mir schieben.« Sarah klang ziemlich genervt.

Ich sagte nichts, weil ich keine Ahnung hatte, was das mit mir zu tun hatte.

»Sollen wir zusammen mit dem Bus fahren?«, fragte sie.

»Ich muss noch auf meinen kleinen Bruder warten«, sagte ich. Und ärgerte mich gleichzeitig, dass ich nicht einfach Ja gesagt hatte. War ja eigentlich nett, dass sie mich fragte.

»Der mit den Spinnen?«

Ich nickte. »Da kommt er.« Spidy winkte mir zu. Ich biss mir auf die Lippen und hoffte, dass Spidy sich nicht danebenbenehmen würde. Aber das hatte er überhaupt nicht vor, er war sogar richtig höflich zu Sarah und bot ihr einen Kaugummi an. Allerdings einen mit Fliegengeschmack, wie er behauptete. Wir stiegen in den Bus und Sarah setzte sich neben mich.

»Konstanze und Timo und Leslie gehen am Mittwoch zusammen ins Kino«, teilte sie mir mit. »Der Film läuft im Jugendfreizeitzentrum in Waldenau.«

»Gehst du auch mit?«

Sarah zuckte mit den Schultern. »Keine Ahnung. Also, eigentlich erlauben das meine Eltern nicht unter der Woche.« Sarah sah mich von der Seite an. »Es ginge höchstens, wenn ich sagen könnte, dass ich bei jemandem übernachte. Dann merken sie es gar nicht.«

»Bei Konstanze?«

Sarah schüttelte den Kopf. »Wenn ich das sage, rufen sie garantiert da an. Unsere Eltern kennen sich. Mein Vater pflegt den Garten von Konstanzes Eltern.«

»Leslie?«

Sarah schüttelte den Kopf. »Ach, die! Außerdem ist meine Mutter mit ihrer Mutter im Turnverein. Es müsste jemand aus der Klasse sein, den sie nicht so gut kennen.« Sarah sah mich prüfend an.

»Dann sag doch, dass du bei mir übernachtest«, sagte ich schnell. »Meine Mut…, also, meine Eltern sind doch neu hier und bei uns rufen deine Eltern bestimmt nicht an. Das ist doch die Idee!«, sagte ich eifrig. »Für mich ist das kein Problem. Wirklich.«

»Gut, und wenn meine Mutter doch anruft, müsstest einfach du rangehen und ihr sagen, dass ich mit dem Hund rausgegangen bin.« Sarah kicherte.

»Was für ein Hund?«, wollte Spidy wissen.

»Erkläre ich dir später«, sagte ich schnell und warf ihm einen warnenden Schwesterblick zu.

»Wir haben aber gar keinen Hund«, fuhr Spidy unbeirrt fort. »Detlef ist allergisch auf Tierhaare. Immer, wenn uns die Katze unserer Nachbarin besuchte, bekam Detlef Niesanfälle, hatschi, hatschi, hatschi!!!!«

»Wer ist Detlef?«, fragte Sarah neugierig.

»Ein Bekannter meiner Mutter«, sagte ich schnell. Ich schaute Spidy drohend an.

»Ach so«, sagte Sarah.

»Also, du brauchst dir keine Sorgen zu machen«, sagte ich zu Sarah, »ich geh sowieso immer ans Telefon.«

Sarah nickte. »Okay, danke.«

Ich fühlte mich total gut. Endlich gehörte ich wieder dazu. Trotzdem hatte ich ein mulmiges Gefühl. Was war, wenn Sarahs Mutter tatsächlich anrief? Ich war nicht besonders gut im Erwachsene-Anlügen. Das war bei Mama auch nicht nötig.

Wenn ich sie fragen würde, ob ich abends ins Kino darf, würde sie mir das sogar erlauben. Jedenfalls musste ich am Mittwochabend total aufpassen, dass niemand außer mir ans Telefon ging.

Doch ich hatte Glück. Mama ging am Mittwoch früh los, weil sie einen Catering-Einsatz hatte, und Spidy geht sowieso nie ans Telefon. Ich blieb bis nach Mitternacht wach. Aber das Telefon klingelte nicht. Am Donnerstagmorgen hielt ich im Bus nach Sarah Ausschau. Ich konnte es kaum erwarten, ihr zu erzählen, dass alles bestens gelaufen war. Aber sie stieg nicht zu. Dann sah ich sie auf dem Schulhof zusammen mit Konstanze und Timo.

»Hallo, Sarah«, begrüßte ich sie. »War der Film gut? Deine Mutter hat übrigens gestern nicht angerufen.«

Sarah zuckte zusammen. Dann schaute sie mich an, als ob ich etwas total Abwegiges gesagt hätte. »Keine Ahnung, was du meinst …«

»Wegen dem Kino, weil du doch gesagt hast, dass du bei mir übernachtest …«

»Wow, wow, wow!«, rief Konstanze. »Hast du eine neue Freundin, Sarah? Habe ich was verpasst?«

Sie lächelte mich süßlich an. »Sarah hat sich nämlich ganz schlimm bei mir beklagt, du würdest ihr immer nachlaufen. Nicht wahr, Sarah?«

»Ich geh jetzt zur Turnhalle!«, sagte Sarah, der das Ganze ziemlich peinlich zu sein schien.

»Bleib doch bei deiner neuen Freundin! Dann könnt ihr eure nächste Übernachtungsparty planen.« Konstanze hakte sich bei Timo ein und zog ihn glucksend davon.

Ich kapierte gar nichts, als Sarah mich wütend anfauchte: »Weißt du, was dein Problem ist? Immer musst du alles rumquatschen!«

Ich stand da und brachte keinen Ton heraus.

Plötzlich fiel mir ein, dass ich in der Eile mein Turnzeug zu Hause vergessen hatte und wir hatten jetzt zwei Stunden Turnen. So ein Mist! Langsam ging ich zur Turnhalle. Vielleicht sollte ich einfach wieder nach Hause gehen. Aber Mama würde mir deshalb niemals eine Entschuldigung schreiben. An meiner alten Schule hätte ich mir das Turnzeug von jemand anderem geliehen. Das wäre kein Problem gewesen. Aber hier traute ich mich nicht, eines der Mädchen zu fragen.

»Du kannst trotzdem mitmachen«, sagte Herr Schneider großzügig, als ich ihm mein Problem erklärte. »Wir finden schon was für dich.« Ich bedankte mich, obwohl ich eigentlich gehofft hatte, dass er mich vielleicht doch nach Hause schicken würde. Oder wenigstens in eine andere Klasse. Alles wäre besser gewesen.

An meiner alten Schule hatte Turnen zu meinen Lieblingsfächern gehört. Seit ich in Münde war, hasste ich Sport. Die meiste Zeit mussten wir an irgendwelchen blöden Geräten rumhängen, was mit Ausnahme von Franzi aber niemandem gefiel. Und wenn für ein Spiel zwei Mannschaften gewählt wurden, war es natürlich auch Franzi, die Supersportliche, die eine Mannschaft bestimmen durfte. Konstanze flüsterte ihr dann ins Ohr, wen sie als Nächstes wählen sollte. Natürlich Leslie, Sarah und Jennifer. Ich wurde immer als Letzte aufgerufen. Egal, wer wählen durfte. Heute war bereits gleich zu Beginn der Stunde Volleyball angesagt.

»Ihr müsst nicht immer die Gleichen wählen, das ist doch langweilig!«, sagte Herr Schneider und sah sich um. »Marie, du gehst zu Franzi in die Mannschaft.«

Konstanze verdrehte die Augen. Sie stand jetzt dicht hinter mir.

»Opfer«, zischte sie.

Herr Schneider sah mich an: »Hat denn niemand ein

T-Shirt für Marie? Ihr habt doch sonst auch immer euren halben Kleiderschrank dabei.« Herr Schneider zwinkerte mir zu.

»Sie kann doch eines aus dem Korb mit den vergessenen Kleidern nehmen«, schlug Anna vor.

»Die stinken aber nach muffigen Käsesocken«, sagte Leslie. Alle lachten.

Ich hasste Herrn Schneider. Warum konnte er mich nicht einfach in Ruhe lassen? Aber heute hatte er nicht vor, mich in Ruhe zu lassen. Nach der Schule hielt er mich zurück und fragte mich nach der Anmeldung für den Schulausflug.

Ich spürte, wie ich rot wurde. »Ich bringe sie morgen mit«, sagte ich. »Meine Mutter muss ihn nur noch unterschreiben.«

»Hat sie das noch nicht getan?«

»Doch, doch«, log ich, »schon lange.«

»Ich glaube, der Zettel liegt irgendwo im Wohnzimmer«, sagte Mama, als ich sie danach fragte. »Ich lege ihn dir dann hin.« Dann musste ich ihr helfen, die Wäsche zusammenzulegen. »Nachher muss ich noch unbedingt das alte Holz für meinen Prototypen in die Werkstatt bringen«, murmelte Mama. »Frau Kraemer hat schon nachgefragt, für was ich diese Kreuze brauche.« Mama kicherte und verdrehte die Augen.

»Ist doch schön, wenn sie sich interessiert«, verteidigte ich Frau Kraemer.

»Ich bin ein Gespenst!«, rief Spidy und riss mir mein sorgfältig zusammengelegtes Betttuch weg.

»Spidy, du nervst!«, beklagte ich mich.

»Ein Gespenst muss nerven«, sagte Spidy wichtig. »Das ist Gespensterart. Gespenster spuken und nerven.«

»Und ich muss das Gespenst kitzeln!«, rief ich. »Ich bin eine Gespensterjägerin!«

Spidy quietschte und rannte davon. Und ich ihm hinterher. Die Anmeldung hatten wir schon wieder total vergessen.

»Alles in Ordnung?«, fragte mich Mama am nächsten Morgen nach dem Frühstück. »Du bist so bleich.«

Wir saßen am Frühstückstisch und ich starrte auf meinen Teller. Mir war schlecht, und ich hatte nicht die geringste Lust, in die Schule zu gehen, aber zu Hause bleiben wollte ich auch nicht.

»Marie, mach vorwärts!« Mama sah mich kopfschüttelnd an.

»Kannst du mich nicht ein Mal in Ruhe lassen!«, fuhr ich sie an. Ich packte mein Brot für die Mittagspause und ging, ohne ein weiteres Wort zu sagen, davon.

Auf dem Weg zur Bushaltestelle begegnete ich zwei großen Krähen, die über eine Wiese marschierten. Ich blieb kurz stehen, um sie ein wenig zu beobachten. Papa hat mir gesagt, weil man auf dem Land früher so viele Krähen geschossen habe, seien die schlauen Vögel in die Städte gezogen, dort hatten sie ihre Ruhe. »Lasst euch bloß nicht erschießen!«, rief ich den Krähen zu.

Franzi saß schon an ihrem Platz, als ich ins Klassenzimmer kam. Als ich mich setzte, hob sie nur kurz ihren Kopf und sagte: »Kannst du deine Tasche nicht auf die andere Seite stellen, ich stoße immer mit dem Fuß dran, das nervt.« Sie redete lauter als sonst und schaute dabei zu Sarah, die zustimmend nickte. Wortlos zog ich die Tasche auf die andere Seite.

Kaum hatte Herr Schneider mit dem Matheunterreicht angefangen, klopfte es an die Tür. »Tut mir leid, wenn ich störe …«

Ich zuckte zusammen, vor der Tür stand Mama. In ihrem verfleckten Arbeitsoverall!

Nicht alle Vögel können sich gut anpassen. Weil Braunkehlchen auf Blumenwiesen nisten, geraten sie in Bedrängnis und werden weggemäht.

Lauter Lügen und eine Überraschung

Mama schaute sich suchend im Klassenzimmer um, bis sie mich entdeckte. Dann lächelte sie und streckte Herrn Schneider die Anmeldung entgegen. »Marie hat das zu Hause vergessen. Und sie hat gesagt, dass es wichtig sei ...«

»Ja, genau!« Herr Schneider schüttelte Mama die Hand. »Das ist nett, dass Sie gleich selbst vorbeikommen. Aber das wäre natürlich nicht nötig gewesen!« Herr Schneider lachte.

Mama lachte auch. Viel zu laut. »Keine Ursache, ich war sowieso auf dem Weg zum Schrottplatz, und da liegt die Schule quasi auf meinem Weg.« Mama winkte mir zu: »Wir sehen uns später, Marie.«

Ich saß immer noch wie versteinert auf meinem Platz. Wenn jetzt eine Bombe eingeschlagen hätte, wäre mir das total egal gewesen. Für einen kurzen Moment überlegte ich mir noch, ob Mamas komischer Arbeitsanzug überhaupt aufgefallen war. Aber dann kreischte Sarah: »Oh mein Gott Ich glaube es nicht! Das war die Pennerin vom Supermarkt!«

»Sarah!« Herr Schneider schaute Sarah tadelnd an. »Ich glaube nicht, dass dich jemand um deine Meinung gebeten hat.«

»Ich habe nur gesagt, dass ich die Frau schon mal gesehen habe«, antwortete Sarah und tat so, als wäre sie beleidigt. »Konstanze kennt sie auch! Stimmt doch?«

»Jetzt reicht es aber. Ich würde jetzt gerne mit dem Unterricht beginnen«, sagte Herr Schneider so, als wäre nichts geschehen.

Ich starrte auf den grauen Umschlag meines Mathebuchs und traute mich nicht mehr aufzusehen. Wieso? Wieso um alles in der Welt musste Mama in der Schule auftauchen? Und dann noch in dieser schrecklichen Aufmachung! Wirklich toll! Jetzt wussten alle, dass ich gelogen hatte und meine Mutter keine Reisebürofrau war. In der Pause blieb ich einfach an meinem Platz sitzen.

»Alle gehen raus«, sagte Herr Schneider. »Du auch, Marie. Und du auch, Franzi ...«

Franzi zögerte und sah mich von der Seite an. »Ist es eigentlich wahr, dass du auf eine Psychoschule gegangen bist?« Franzi sah mich erwartungsvoll an.

»Nein, wieso?«

»Sarah sagt, du hättest ihr erzählt, dass …«

»Quatsch! Es war eine ganz normale Schule«, sagte ich, ließ sie stehen und rannte zur Turnhalle. Ich wollte einfach nur meine Ruhe haben. Und hier konnte mich niemand sehen.

Eine Weile beobachtete ich ein paar Sperlinge, die auf einer Scheibe Salami herumpickten. »Wenn du es schaffst, ganz nah an sie heranzugehen, ohne dass sie wegfliegen, wird alles wieder gut, Marie«, flüsterte ich mir zu. Langsam ging ich auf sie zu. »Nicht wegfliegen! Bitte!!!!« Doch die Sperlinge flogen sofort auf und warteten im Gebüsch, bis ich wegging. Ich blieb bis zum Ende der Pause, in der Hoffnung, dass sie zurückkämen. Aber ich wartete vergebens.

»Marie, alles klar? Brauchst du Hilfe?« Herr Schneider stand vor meinem Tisch und schaute mich prüfend an.

Ich hatte schon eine Weile aus dem Fenster gesehen, ohne mich um die Arbeitsblätter zu kümmern, die vor mir lagen. Dabei hatte ich beobachtet, wie Björn mit dem Skateboard unter dem Arm lässig über den Schulhof schlenderte. Warum war er nicht in seinem Klassenzimmer? Hatte er schulfrei?

»Marie? Hörst du mir überhaupt zu, Mädchen!« Herr Schneiders Stimme klang unfreundlich.

»Mir ist ein bisschen schlecht«, stammelte ich.

Daraufhin, fragte Herr Schneider, ob bei mir jemand

daheim sei, und schickte mich nach Hause. Er meinte, ich sei bleich wie ein Betttuch.

Kaum war ich draußen, fühlte ich mich schon wieder ein bisschen besser. Aber was jetzt? Nach Hause wollte ich auf keinen Fall. Ich lief direkt zum Spielplatz, der ganz verlassen war. Ein bisschen hatte ich gehofft, dass Björn vielleicht da wäre, wenn er schon nicht in der Schule war. Ich setzte mich auf einen Baumstamm und zog die Beine an meine Brust. Am Himmel zogen dunkle Wolken auf. Sicher würde es bald regnen. Ich beschloss, für den Rest meines Lebens hier sitzen zu bleiben. Das war sicher das Beste. Dann brauchte ich mich um nichts mehr zu kümmern. Eine Ameise krabbelte über meinen linken Fuß. Ich bewegte mich keinen Millimeter, damit sie nicht gestört wurde.

»Hallo, Marie!« Björn schlug mir von hinten die Hand auf den Rücken.

»Ha… hallo … Du auch da?«, stammelte ich. Björn ließ seine Hand einen Moment auf meinem Rücken liegen. Ich spürte, wie ich rot wurde.

Björn grinste. »Und du? Auch unerwartet schulfrei?«

Ich nickte. »Mir ist schlecht.«

»Du siehst aber sehr gesund aus. Schätze, du hast auf mich gewartet.« Björn grinste.

»Sicher nicht. Wie kommst du denn darauf?«

»Nur so.« Björn balancierte auf seinem Skateboard. Dann sprang er ab, sein Brett drehte sich einmal in der Luft und schon landete er wieder auf dem Brett. Er fuhr auf ein Mäuerchen zu und sprang samt Brett darüber.

»Du bist echt gut«, sagte ich.

»Quatsch. Es gibt welche, die sind viel besser. Willst du mal was sehen?« Ich nickte.

Björn zog sein Handy aus der Tasche und zeigte mir einen Film mit einem Jungen, der mit seinem Skateboard ein Treppengeländer runterrutschte. »Ein Frontside Boardslide«, erklärte Björn ernst. »Da will ich hin …«

»So was würde ich auch gerne können«, sagte ich.

»Dann brauchst du ein Skateboard.«

Ich nickte. Wir schwiegen. »Nächste Woche machen wir einen Fahrradausflug«, sagte ich.

»Mit dem alten Schneider?« Björn grinste. »Der Alte ist der absolute Fahrradfreak. Ich glaube, der war mal Radsportmeister.«

»Vielleicht geh ich gar nicht mit«, sagte ich.

»Wieso das denn?« Björn runzelte die Stirn. »Wenn du nicht mitfährst, musst du aber trotzdem in die Schule. In die Parallelklasse. Das ist dann nur doof, glaub mir.« Ich zuckte mit den Schultern und erzählte ihm von Detlefs Herrenrad und wie peinlich mir das war, auf so einem Rad zu fahren. »Ist doch nicht schlimm«, sagte Björn. Er machte eine Pause und sagte dann mit brüchiger Stimme. »Wenn du willst, kannst du dir das Rad meiner Schwester ausleihen. Das ist garantiert kein Herrenrad.«

»Echt?«

»Klar!«

»Und du musst sie nicht erst fragen?«

Björn hob seinen Kopf und schaute konzentriert zu den Baumwipfeln hoch. »Doch, klar. Was dagegen, Svenja? Sie sagt, es ist okay.«

»He, verarschen kann ich mich selbst!« Ich verstand nicht ganz, warum Björn sich so eigenartig benahm. »Also, ich geh jetzt mal.«

»Und das Rad willst du nicht?«

»Doch, aber bist du sicher, dass du sie nicht fragen musst?

»He, ich sag doch, du kannst es dir ausleihen!«, sagte Björn. »Wann brauchst du es?« Ich erklärte ihm, dass ich es am Donnerstag brauche, oder besser noch ein bisschen vorher. »Kein Problem. Du kannst es am Sonntag haben.«

Wir verabredeten uns auf dem Spielplatz, weil Björn nicht wollte, dass ich das Fahrrad bei ihm zu Hause holte. »Okay«, sagte ich schnell. »Wie du willst. Für mich ist das auch gut. Ich wohne eh in der Nähe, in dem kleinen gelben Haus am Ende der Straße.«

Allerdings konnte er erst um zehn Uhr abends. Das war spät. So spät durfte ich normalerweise nicht mehr raus, aber Mama würde schon nichts merken. Und vielleicht musste sie ja arbeiten! Jedenfalls war das total nett von Björn, dass er mir das Fahrrad lieh. Hoffentlich hatte seine Schwester wirklich nichts dagegen. Ob sie wohl auch auf unsere Schule ging? Ich beschloss, Björn am Sonntag zu fragen.

Die Haustüre war nicht abgeschlossen. Auf dem Küchentisch lag ein Zettel. Wahrscheinlich stand drauf, was ich zu Mittag essen sollte. Aber ich hatte eh keinen Hunger.

Mit dem Fernglas suchte ich den ganzen Garten nach der kleinen schwarzen Amsel ab. Ich hatte sie schon seit zwei Tagen nicht mehr gesehen. Dafür lag Kater Herkules faul auf der Terrasse und putzte seine Pfoten. Ein weißer Lieferwagen fuhr langsam den Weg hinauf. Das war Detlef! Stimmt, er hatte am Telefon gesagt, dass er uns bald besuchen würde. Das hatte ich total vergessen. Mama stieg aus dem Auto und auch Spidy hüpfte hinaus.

»Mariiiiieee! Wo bist du?«

Ich öffnete das Fenster.

»Hallo!« Mama sah zu mir hoch. »Hast du meinen Zettel gesehen? Dein Vater hat angerufen!«

»Was? Nein! Wann? Was hat er gesagt? Kommt er uns besuchen?« Meine Stimme überschlug sich.

Frau Kraemer stand immer noch an der Hecke und schaute äußerst interessiert zu uns herüber.

»Hat er nicht gesagt.« Mama stand jetzt genau unter meinem Fenster. »Er ruft später noch mal an.«

»Hallo, Prinzessin!« Detlef winkte mir fröhlich zu. »Wir haben eine Überraschung für dich!«

»Hast du meinen Sitzsack gefunden?«

»Nein, wieso? Ich habe einen schicken Überzug für deinen Fahrradsattel. Rot mit weißen Punkten.«

Mama und Detlef packten drei riesige Tüten mit Sachen

für unser Haus aus. Spidy hatte ein Rechenheft mit Fröschen und ein ABC-Heft bekommen, damit er jeden Tag eine Seite übte, was Spidy aber völlig unnötig fand.

»Spiderman hat aber andere Ziele«, erklärte mein Bruder eifrig. »Spiderman muss dringend die Welt retten.«

Detlef lachte. »Tja, da hast du dir was vorgenommen, kleiner Mann. Da bleibt natürlich überhaupt keine Zeit für freiwillige Hausaufgaben ...«

Mama seufzte tief. »Als ich heute bei Marie in der Schule war, traf ich Spidys Lehrerin.« Mama senkte ihre Stimme: »Sie sagte, er sei verhaltensauffällig.«

»Die ist selber auffällig«, rief Spiderman. »Sie ist ein ganz auffälliges Monster!«

»Spidy, sie ist nett«, sagte Mama mit Nachdruck. »Und dein Lehrer, dieser Herr Schneider, ist übrigens auch sehr sympathisch, Marie.«

Ich verdrehte die Augen. »Bernadette ist heute in meine Schule gekommen«, erklärte ich Detlef. »Total peinlich, in ihrem versifften Overall.«

»He, Marie! Allmählich reißt mir die Geduld! Ich bringe dir extra deine Anmeldung und du ...«

Weiter kam Mama nicht. In diesem Moment klingelte das Telefon. Mit einem Satz sprang ich auf und schnappte mir den Hörer. »Papa? Papa, hörst du mich ...?«

Wenn wir denken, ein Vogel im Käfig sei folgsam und zahm, dann ist er das bloß, weil er in Gefangenschaft lebt. Vielleicht ist das bei Menschen ähnlich.

Lauter begeisterte Schulkinder

»Natürlich höre ich dich, Marie! Du brauchst nicht so zu schreien.« Papa lachte. »Und, geht es dir gut, meine Große? Ich höre, ihr habt euch schon gut eingelebt in Münde.«

Papa erzählte mir von seiner Arbeit und dass die Kinder zum Teil meilenweit laufen müssten, um in die Schule zu kommen. Er redete, ohne Luft zu holen. »Und wie gefällt es dir in der neuen Schule?«

»Nicht so gut«, sagte ich. »Papa …?« Ich hörte ein Rauschen. Jemand sprach in einer Sprache, die ich nicht verstand. »So wie ich dich kenne, hast du bestimmt schon viele Freunde …«, sagte Papa. Seine Stimme klang jetzt ganz weit weg. »Interessierst du dich immer noch für Vögel …?« Rauschen. »Papaaaa …!«, rief ich. »Ich schreibe mir alle wichtigen Sachen über Vögel auf! Wenn du uns besuchen kommst, zeige ich dir alles … Hörst du mich? Ich habe mir ganz viele Notizen gemacht. Auch zu den Krähen! Gibt es in Afrika auch Krähen? Papa?« Papa antwortete nicht. Ich wusste nicht, ob er mich verstanden hatte. Dann hörte ich plötzlich ein Knacksen. Seine Stimme war jetzt wieder ganz deutlich. »Ich schicke dir ein Foto von der Schule hier. Dann siehst du lauter begeisterte Schulkinder.«

»Und wann kommst du uns besuchen?«

»Bald. Sicher bald«, sagte Papa. »Gibst du mir noch schnell Bernadette? Ich muss gleich wieder weg, unser Fahrer ist schon ganz ungeduldig.« Papa sagte etwas auf Englisch. »Ich sag dir jetzt schon mal Tschüss, meine Süße!« – »Tschüss, Papa!!«

Ich überreichte Bernadette den Hörer. »Papa sagt, er kommt schon bald«, flüsterte ich. Meine Hand zitterte vor Aufregung.

»Ich will auch! Ich will auch!«, rief Spiderman.

»Nicht jetzt, Spidy, du hast doch vorhin schon mit ihm geredet.« Mama machte ihm ein Zeichen, ruhig zu sein.

Ich zog Spidy weg, damit Mama in Ruhe mit Papa ausmachen konnte, wann er uns besuchen kam. Spidy riss sich los. »Das ist trotzdem ungerecht.« Wütend rannte er aus dem Wohnzimmer.

Mama ging mit dem Telefonhörer in die Küche. Ihre Stimme klang unfreundlich. »Du musst ihr doch nicht erzählen, dass du bald kommst, wenn du genau weißt, dass es noch Monate dauern kann … also echt! Und ich kann dann wieder alles ausbaden!« Ihre Stimme wurde immer lauter.

Detlef schaute in Richtung Küche. Dann sah er zu mir und lächelte. »Soll ich dir mal was zeigen, Marie?« Ohne meine Antwort abzuwarten, stellte er eine Schachtel auf den Tisch. »Ich habe ein antikapitalistisches Monopoly entwickelt. Statt die Häuser zu kaufen, besetzt man sie.« Detlef strahlte. »Deine Mutter hat mich auf die Idee gebracht.«

»Toll«, sagte ich. »Und wen interessiert das?« In meinem Hals steckte ein dicker Kloß. Detlef schlug mir vor, wir könnten doch zusammen eine Proberunde spielen. Ich murmelte etwas von Hausaufgaben, aber Detlef gab nicht auf. Er bot mir sogar an, meine Matheaufgaben zu lösen, damit ich anschließend auf seinem Laptop mit ihm ein Stück komponieren konnte. »He, jetzt komm doch Marie …«

Ich schüttelte heftig den Kopf. »Lass mich doch in Ruhe, mit deinem Scheiß!«, schrie ich. Ohne dass ich etwas dagegen tun konnte, liefen mir Tränen über die Wangen. »Du musst nicht so tun, als ob du mein Vater wärst!« Das war gemein. Dabei wollte ich gar nicht gemein sein zu Detlef. Ich rannte in mein Zimmer hinauf und schlug die Tür zu.

Kurze Zeit später hörte ich, wie jemand die Treppe heraufkam. Das waren Mamas Schritte. »Marie?« Sie öffnete die Tür, ohne anzuklopfen. »Du, was ich dir vorhin noch sagen wollte, irgendwann müssen wir uns noch überlegen, was wir an Spidys Geburtstag machen wollen.« Mama streckte ihren Kopf in mein Zimmer und schaute sich um.

»Der ist doch noch lange nicht«, schniefte ich.

»Und dir kaufen wir einen neuen Sitzsack, okay? Du kannst dir einen auswählen.« Mama lächelte. »Willst du nicht runterkommen? Detlef ist nur heute da. Morgen muss er wieder früh los, der Ärmste.« Mama lachte.

»Ich muss noch Hausaufgaben machen«, sagte ich.

»Ist ja gut, Marie«, sagte Mama, blieb aber trotzdem stehen.

»Was ist?«, fragte ich unwirsch.

»Dein Vater kommt euch bestimmt besuchen.« Mama machte eine Pause. So als müsste sie sich die nächsten Worte genau überlegen. »Er ist halt einfach ... Er hatte schon immer Mühe, sich festzulegen. Weißt du, ich musste das auch lernen ...«

»Geh endlich raus!«, schrie ich sie an.

»Na gut«, sagte sie und schloss leise meine Zimmertüre.

Ich starrte auf mein Matheheft. Mama konnte sich ihre Vorträge sparen. Für sie war doch eh alles wunderbar. Alles, wofür sie sich interessierte, war ihre blöde Ausstellung. Zornig biss ich auf meine Unterlippe. Wenn sie sich früher mehr Mühe gegeben hätte, wäre Papa vielleicht immer noch da. Wenn Papa da wäre, wäre alles anders. Er hätte mich bestimmt verstanden. Er hat immer gewusst, wie es mir ging. Ich vermisste ihn so sehr. Ihn und Adi und Céline.

Mit dem Ärmel meines Pullovers wischte ich mir die Nase ab.

Wenigstens war die kleine Amsel wieder da. Munter hüpfte sie auf dem Rasen herum. »Hey, du, wollen wir nicht unsere Leben tauschen?« Im Vergleich zu meinem Leben schien mir das Leben einer Amsel wesentlich einfacher. Warum konnte ich nicht auch so ein begeistertes Schulkind sein? Tief in meinem Innern fühlte ich mich mies und irgendwie auch undankbar.

Ich nahm mein Vogelbuch und drückte es fest an mich. Wenn ich eine Schwalbe wäre, dann könnte ich zu Papa nach Afrika fliegen. Ich presste die Augen fest zusammen. »Papa«, sagte ich leise, »es tut mir leid, dass ich mich so blöd benehme. Aber bitte komm doch zurück.«

Als ich die Augen wieder öffnete, sah ich, wie die Amsel im Garten an einem Grashalm pickte. Sie hob den Kopf und schaute geradewegs zu mir.

Bis zum Schulausflug war es noch knapp eine Woche. Herr Schneider zeigte uns auf einer Karte die genaue Route. »Vor dem Picknick werden wir eine Tropfsteinhöhle besichtigen«, verkündete er. »Zieht gute Schuhe an. Ich will keinen von euch in Sandalen sehen.«

»Ich hasse Wanderschuhe«, maulte Sarah, und Konstanze verdrehte die Augen und behauptete, sie sei bestimmt schon hundert Mal in dieser öden Höhle gewesen.

»Ich weiß, dass einige von euch schon einmal in dieser Höhle waren«, sagte Herr Schneider. »Aber bestimmt nicht alle. Marie, zum Beispiel, war sicher noch nie da. Habe ich recht, Marie?« Herr Schneider schaute mich aufmunternd an.

Ich schüttelte den Kopf.

»Dann kann doch Marie alleine hingehen«, sagte Konstanze. Ihre Stimme klang falsch und honigsüß. Alle lachten.

Auf dem Weg zur Bushaltestelle holte mich Sarah auf ihrem Fahrrad ein. »Kommst du jetzt eigentlich trotzdem mit auf den Schulausflug?«, fragte sie.

»J…ja, wieso nicht?«

»Ich dachte nur, weil du doch gar kein Fahrrad hast.«

»Ich habe aber ein Fahrrad. Björn leiht mir eines …«

»Björn?«

Ich bereute sofort, was ich gesagt hatte. Warum musste ich immer alles erzählen!

»Es ist noch nicht sicher mit dem Fahrrad. Wahrscheinlich wird eh nix draus.« Ich hatte das Gefühl, dass ich schon wieder viel zu viel redete. Sarah fuhr langsam neben mir her.

»Du, ich habe dir doch mal gesagt, dass wir uns beim Ausflug vielleicht absetzen wollen. Also, ich und Konstanze. Aber das war Quatsch, das habe ich nur so dahergesagt.« Sie kniff ihre Augen zusammen. »Ich dachte, ich sag dir das. Nicht dass du denkst, du müsstest das überall rumerzählen. Ich blieb stehen.

»Nein, wieso sollte ich …«

»Bei dir weiß man nie«, sagte Sarah herablassend.

»Marie, Marie. Schau mal! Sergio und ich haben Knallerbsen gekauft!« Spidy kam mit Sergio keuchend auf uns zugerannt.

»Damit jagen wir alles in die Luft«, verkündete Sergio atemlos.

»Super Idee«, sagte ich und schaute zu Sarah. Aber Sarah blieb unbeeindruckt, steckte sich ihre Kopfhörer in die Ohren und fuhr grußlos davon.

Für das Treffen am Sonntagabend mit Björn musste ich mir unbedingt einen Plan ausdenken. Wenn ich Glück hatte, arbeitete Mama. Dann brauchte ich nur noch zu warten, bis Spidy schlief, bis ich mich davonschleichen konnte. Doch dann sah es plötzlich so aus, als ob der Ausflug gar nicht stattfinden würde.

Vögel haben ein Gefahren-Frühwarnsystem und können sich meist vor Bränden und Naturkatastrophen retten. Menschen können das nicht.

Brennende Mülleimer

Ich hatte den Bus verpasst und kam völlig außer Atem im Klassenzimmer an. Schon zum zweiten Mal in dieser Woche! Obwohl ich mir viel Mühe gab, möglichst nicht aufzufallen, passierte mir dauernd so blödes Zeug.

»Setz dich, Marie.« Herr Schneider sah mich nicht besonders freundlich an. Neben ihm stand Herr Bela, der Hauswart. Herr Schneider räusperte sich: »Dann fange ich jetzt noch mal von vorne an! Herr Bela und ich haben gerade gesagt, dass es in letzter Zeit auf dem Schulhausgelände mehrfach zu Bränden gekommen ist.«

»Irgend so ein Vollidiot zündet regelmäßig die Mülleimer an ...«, knurrte Herr Bela. »Gestern schon wieder. Erst brennen die Mülleimer und dann zünden diese kriminellen Chaoten womöglich Autos an. Man kennt das ja zur

Genüge!« Timo grinste und flüsterte Bastian etwas ins Ohr. Herr Bela sah ihn wütend an. »Eins kann ich euch sagen: Wenn ich den erwische, der das getan hat, werde ich nicht lange fackeln. Dann hole ich gleich die Polizei und dann gibt es eine saftige Anzeige!« Herr Belas Kopf wurde immer röter. Er redete sich in Rage. »Ich hoffe, die Schulverwaltung unternimmt was.«

Herr Schneider nickte. »Wir haben gestern im Lehrerzimmer darüber gesprochen. Wir ziehen in Betracht, alle besonderen Aktivitäten abzusagen, bis die Sache geklärt ist. Was ich persönlich natürlich sehr schade fände«, sagte Herr Schneider und seufzte.«

»Wie, alles absagen?«, sagte Konstanze schnippisch. »Das verstehe ich jetzt nicht«

Herr Schneider schaute sie nachdenklich an. »Nun, das würde bedeuten, dass auch unser Radausflug ausfällt.«

»Oh nein, das ist gemein!« Ein lauter Protestschrei ging durch die Klasse.

Jetzt zeigte Sarah auf. »Sie, Herr Schneider ... ich weiß vielleicht, wer es war. Ich habe zwei kleine Jungen aus der Ersten gesehen, die mit Feuer gespielt haben. Also, mit so Knallkörpern ...« Dann drehte sie sich zu mir. »Ich glaube, der eine war dein Bruder.«

Ich spürte ein heftiges Pochen in meinen Schläfen. Mir wurde gleichzeitig heiß und kalt. »Das ist überhaupt nicht wahr«, sagte ich. »Mein Bruder zündet niemals Mülleimer an!« Meine Stimme überschlug sich.

Sarah zuckte mit den Schultern. »Ich dachte nur, ich sage es, weil …« Ein Raunen ging durch die Klasse.

»Du brauchst nicht gleich durchzudrehen«, fuhr mich Konstanze an. »Wenn Sarah etwas gesehen hat, darf sie das auch sagen.« Sarah nickte mit einem zufriedenen Lächeln.

»So, ist gut jetzt«, sagte Herr Schneider. »Das müssen wir nicht hier diskutieren. Ich werde mich mit Frau Möckl, unserer Grundschullehrerin, in Verbindung setzen. Knallkörper auf dem Schulhof sind natürlich verboten. Das wissen wir alle.« Herr Schneider sah kurz zu mir. »Vielleicht solltest du zu Hause mal mit deiner Mutter und deinem kleinen Bruder darüber reden?«

Herr Schneider ging auf Herrn Bela zu, der immer noch vorne stand und, wie mir schien, misstrauisch zu mir schaute. »Danke, Herr Bela, dass Sie gekommen sind. Wie gesagt, wir behalten die Sache im Auge.« Herr Bela knurrte etwas, das wie eine Zustimmung klang.

Als er draußen war, meldete sich Timo. »Können wir jetzt wirklich nicht auf den Ausflug?«

»Wie gesagt, es wurde im Lehrerzimmer als Option diskutiert«, sagte Herr Schneider sichtlich genervt. »Entschieden ist noch nichts. Ich bin ja nicht unbedingt einer, der sich für Kollektivstrafen starkmacht. Vor allem nicht, wenn sie auf Kosten des Sports gehen. Aber es gibt schon Kollegen, die da anderer Meinung sind.«

»Das ist gemein!«, flüsterte Jennifer. »Und alles nur wegen Maries Bruder!« Eigentlich war es mir egal, ob der

Ausflug stattfand oder nicht. Aber Spidy für alles die Schuld zu geben, war gemein. Wieso sollte er Mülleimer anzünden? So etwas hatte er noch nie gemacht.

»So, jetzt nehmt eure Erdkundehefte hervor«, sagte Herr Schneider.

Ich schaute aus dem Fenster und überlegte hin und her. Aber was, wenn Spidy doch etwas mit den brennenden Mülleimern zu tun hatte? Hatte er mir nicht kürzlich etwas von einem Geheimnis erzählt? Und der verkohlte Tisch auf dem Spielplatz, war das auch Spidy? Wenn er wirklich etwas mit den Feuern zu tun hatte, durfte niemand davon erfahren. Und mit Björn würde ich mich auch treffen! Egal, ob der Ausflug nun stattfand oder nicht. Darauf freute ich mich nämlich. Björn war definitiv kein Psycho.

»Sag mal, Mama, falls du am Sonntagabend mal wieder ausgehen möchtest, kann ich Spidy ins Bett bringen, das ist überhaupt kein Problem für mich.«

»Lieb von dir, Marie«, sagte Mama, »aber ich bin zu Hause und kann unseren jungen Superman selbst ins Bett bringen!« Mama blinzelte mir zu.

»Ich bin nicht Superman! Sergio ist Superman«, sagte Spidy. »Ich bin Spiderman! Das weißt du ganz genau!«

Mama lachte. »Na, dann können sich Sergios Eltern auf etwas gefasst machen!«

Sie holte ihr Handy heraus. »Wann ist noch mal dein Ausflug, Marie? Ich muss mir das eintragen …«

Ihr erzählte ihr von der drohenden Kollektivstrafe und dass der Ausflug vielleicht ausfiel. Mama tippte das Datum kopfschüttelnd in ihr Handy. »Mein Gott, in welchem Jahrhundert leben wir denn!«

Ich schaute zu Spidy, der damit beschäftigt war, mit seiner rausgestreckten Zunge eine Ameise zu verfolgen, die über den Küchentisch krabbelte. Er schien nicht zuzuhören. Dass Mama am Sonntag da war, passte mir gar nicht. »Warum fährst du am Sonntag nicht zu Detlef in die Stadt?«, machte ich einen erneuten Versuch.

Mama schaute mich belustigt an: »Willst du mich etwa loswerden? Wenn du jemanden einladen möchtest, kannst du mir das auch so sagen.«

»Nein«, sagte ich gereizt. »Ich wollte damit nur sagen, es ist okay, wenn ich auf Spidy aufpassen soll.«

Mama lächelte. »Das weiß ich doch, Marie. Ein anderes Mal komme ich auch gerne auf dein Angebot zurück.«

Gerne hätte ich ihr gesagt, dass es kein anderes Mal geben wird, wenn sie jetzt nicht einwilligte. Aber das hätte wohl zu nichts anderem als weiteren unangenehmen Fragen geführt. Und darauf hatte ich definitiv keine Lust.

Am Samstag regnete es in Strömen. Ich spielte mit Spidy Uno und Mama arbeitete in der Werkstatt. Sie klopfte und hämmerte schon seit Stunden. Durchs Fenster konnte man sehen, wie die Funken sprühten.

»Spidy, ich muss dich etwas fragen.« Ich sah meinen

kleinen Bruder prüfend an. »Also, das mit den brennenden Mülleimern in unserer Schule, das wart doch nicht du und Sergio?«

»Uno!«, rief mein Bruder.

»Spidy, hörst du mir bitte zu! Ich habe dich etwas gefragt.«

»Ich gewinne, ich gewinne …«, quietsche, mein Bruder.

»Spidy …«

»Spiderman gewinnt, weil er Superspielkräfte hat!« Mein Bruder streckte mir die Zunge raus. »Spiderman besiegt das Froschgesicht!«

»Zu früh gefreut!« Ich legte schadenfroh meine Karte auf den Stapel. »Jetzt musst du vier neue Karten nehmen.«

»Du bist gemein!« Spidy sah mich böse an. »Ich spiel nicht mehr mit dir. Weil du nämlich blöd bist!« Spidy sah mich zornig an. Dann schnappte er sich alle Karten und warf sie in die Luft.

»Spinnst du!«

»Spiderman spinnt nicht!« Mein Bruder versetzte mir einen so heftigen Stoß, dass ich beinahe vom Stuhl fiel. Noch bevor ich etwas sagen konnte, rannte er aus dem Zimmer. Für den Rest des Nachmittags ließ er sich nicht mehr blicken.

Ich hatte immer noch keinen Plan, wie ich es anstellen sollte, mich um zehn Uhr unbemerkt aus dem Haus zu schleichen. Wenn Mama in der Werkstatt war, würde es einfach sein. Falls nicht, war es schwierig.

Nach dem Abendessen ging ich so schnell wie möglich auf mein Zimmer. Anstelle meines Pyjamas zog ich meinen Trainingsanzug an. Hoffentlich sah das nicht blöd aus. Ich band mir die Haare erst zu einem Pferdeschwanz, doch dann entschied ich mich, sie lieber offen zu tragen. Das sah natürlicher aus. Ich war ziemlich nervös. Ich hörte, wie Mama mit Detlef telefonierte. Geh in die Werkstatt, flehte ich innerlich.

Um Viertel vor zehn war sie immer noch am Telefon. Vielleicht bemerkte sie mich ja gar nicht. Leise schlich ich aus dem Zimmer. Die Treppe knarrte. »Marie! Wo gehst du hin?« Ich zuckte zusammen. Mama sah nach oben.

»Ich habe etwas verloren ... also draußen ... mein ... Kettchen ... du weißt doch, das mit dem Kolibri von Papa. Ich gehe es schnell holen!«

»Jetzt, mitten in der Nacht? Das kann doch bis morgen warten.«

Ich schüttelte den Kopf. »Nein, sonst geht es kaputt oder wird rostig.«

Mama seufzte. »Aber zieh deine Gummistiefel an. Der Rasen ist nass.« Dann redete sie weiter mit Detlef.

Ich rannte den ganzen Weg zum Spielplatz. Als ich ankam, war ich total außer Atem. Aber ich hatte es geschafft, es zwar eine Minute vor zehn! Die Schaukel bewegte sich leise im Wind. Weil alles nass war, konnte ich mich nirgends hinsetzen. Hoffentlich kam Björn nicht zu spät. Allzu lange sollte ich nicht von zu Hause wegbleiben. Ich spähte in die Nacht. Alles war ruhig. Um mir die Zeit zu vertreiben, balancierte ich auf dem morschen Holz des Sandkastens. Eine Runde, zwei Runden, bei der dritten rutschte ich aus und landete fast im nassen Sand.

Jetzt war es Viertel nach zehn. Björn war immer noch nicht da. Hatte er mich vergessen? Bestimmt nicht. Er hatte doch gesagt, dass er kommen würde. Vielleicht dauerte das Abendessen bei ihm so lange. Oder er wohnte weit entfernt vom Spielplatz. Ich hatte keine Ahnung, wo er wohnte. Die Scheinwerfer eines Autos warfen ihr weißes Licht auf den Spielplatz. Ich erschrak. War das Mama? Ich versteckte mich rasch hinter der Holzbank. Das Auto fuhr weiter. Um halb elf verlor ich allmählich die Geduld. Wo blieb Björn? Es war doch seine Idee mit dem Fahrrad. Ich fror in meiner dünnen Trainingsjacke. So ein Mist! Wie konnte ich nur so blöd sein und glauben, dass er mir ein Fahrrad leihen würde? Björn war genauso gemein wie die andern. Wahrscheinlich saß er jetzt zu Hause in seinem warmen Zimmer und lachte über mich. Mit dem Fuß kickte ich so heftig gegen den Sandkasten, dass ein Stück vom morschen Holz absplitterte. »Idiot!«, murmelte ich. »Nie mehr, nie mehr glaube ich dir auch nur ein einziges Wort!« Langsam ging ich zurück. Und obwohl ich mir sicher war, dass Björn nicht mehr auftauchen würde, drehte ich mich alle paar Meter um.

Als ich auf halber Strecke war, kam mir Mama entgegengelaufen. »Marie! Ich habe dich überall gesucht!«

»Tut mir leid, aber ich habe das Kettchen nicht gefunden.« Ich begann zu schluchzen.

Mama legte mir den Arm um die Schulter. »Hast du es denn hier verloren? Komm, wir suchen morgen zusammen.« Mama merkte nicht, dass es überhaupt nicht um das Kettchen ging, das abgesehen von alldem sicher in meiner Schmuckdose lag. Ich wischte mir die Nase am Ärmel meiner Jacke ab. »Ist doch nicht so schlimm, Marie«, tröstete mich Mama. »Ein Kettchen ist nur ein Kettchen. Nichts weiter. Und wenn wir morgen bei Tageslicht nochmals danach suchen, finden wir es bestimmt.«

»Okay«, sagte ich und befreite mich aus Mamas Umarmung.

Völlig erschöpft stieg ich die Treppe hinauf. Vor meiner Zimmertüre fand ich einen Zettel:

Es tut mir leit das ich so blöt UNO gespillt habe.
Vile Grüße Spiderman

Neben seinen Namen hatte Spidy eine kleine Spinne mit Sonnenbrille gemalt. Daneben stand: *Eine koole Spinni für Marie.*

Ich legte den Zettel auf meinen Nachttisch. Ich war todmüde und schlief sofort ein. Und hörte nicht mehr, wie jemand das Gartentor öffnete.

Um Weibchen anzulocken, singen Nachtigall-Männchen nachts. Sobald sie sich jedoch gepaart haben, geben sich die Männchen nicht mehr so viel Mühe mit dem Singen.

Eine Überraschung

»Marie! Aufstehen! Du kommst zu spät in die Schule!« Mama stand in meinem Zimmer und zog mir mit einem Ruck die Decke weg. »Auf geht's, du Schlafmütze!«

»Mir ist schlecht«, sagte ich. »Und mein Hals kratzt.«

»Kein Wunder, wenn du die halbe Nacht draußen verbringst!« Mama sah mich besorgt an. »Soll ich dir einen Salbeitee kochen?« Ich schüttelte den Kopf. Salbeitee war so ziemlich das Ekligste, was ich kannte. Mama stand immer noch in meinem Zimmer. »Sag mal, Marie, weißt du, wem das Rad vor meiner Werkstatt gehört? Hat das eine Freundin von dir hingestellt?«

Mit einem Satz sprang ich aus dem Bett. »Das ist meins!«, rief ich. »Also, ich habe es mir ausgeliehen. Für den Schulausflug, du weißt doch, am Donnerstag.«

»Aber du hast doch ein Rad ...«

»Ja, aber nur ein Herrenrad! Mit dem kann man doch keine Radtour machen!« Ich verdrehte die Augen. Mama schlug mir vor, das Rad in den Schuppen zu stellen.

»Danke, Mama!« Ich hätte jubeln können vor Freude. Björn war extra zu mir nach Hause gekommen, um mir das Rad zu bringen! Er hatte mich überhaupt nicht vergessen! Ich zog mich in Windeseile an. Diesmal schaffte ich es gerade noch rechtzeitig zum Bus.

Auf dem Schulhof hielt ich überall Ausschau nach Björn. Aber ich konnte ihn nirgends entdecken. Erst nach der Schule entdeckte ich ihn hinter der Turnhalle. Er lehnte lässig an der Wand und redete mit einem andern Jungen. Wie immer hatte er sein Skateboard dabei. Als er mich sah, winkte er mir zu. Ich lief eilig über den Platz. Der Junge verabschiedete sich mit einem Handschlag von Björn.

»Vielen Dank für das Rad«, sagte ich hastig.

Björn grinste stolz. »Gern geschehen. Hast du es schon ausprobiert?«

»Nein, ich hatte keine Zeit. Ich habe gestern ziemlich lange auf dich gewartet. Auf dem Spielplatz ...«

»Ich weiß. Aber ich konnte nicht weg. Meine Mutter hatte wieder einen ihrer Anfälle.«

»Echt? Scheiße! Aber nicht wegen dem Fahrrad?«

»Nein, sicher nicht. Ich habe dir doch gesagt, dass das kein Problem ist.«

»Wegen deinem Vater und seiner Freundin?«

»Egal!« Björn biss sich auf die Lippen.

»Meine Eltern haben sich früher auch oft gestritten«, erklärte ich Björn. »Ich meine, als sie noch zusammen waren.«

»Und jetzt sind sie geschieden?« Björn sah mich neugierig an.

»Nein, also, schon. Sie waren nie verheiratet. Bernadette, also meine Mutter, findet Heiraten total spießig ... Wollen sich deine Eltern scheiden lassen?«

»Keine Ahnung. Bei denen geht es eh immer nur um Svenja.«

»Deine Schwester?« Björn nickte. »Was hat sie gemacht?«

»Nichts.«

»Und warum regt sich deine Mutter dann auf?«

Björn sah mich durchdringend an.

»Weil ... egal.«

»Sag doch ...«

»Also, wenn du's wissen will ...« Björns Stimme klang mit einem Mal ganz anders. »Svenja ist ... tot. Sie ist drei Tage vor meinem zehnten Geburtstag gestorben. Sie konnte plötzlich nicht mehr atmen. Herzfehler. Das hat niemand gewusst. Und mein Vater war wieder mal nicht da. Ja, und seitdem hasst meine Mutter ihn. Jedenfalls glaube ich das. Deshalb dreht sie wegen jedem kleinsten bisschen durch.« Björn sah mich an. »Ende der Geschichte.«

»Das tut mir leid … ich meine, das ist total schlimm …« Ich wusste nicht, was ich sagen sollte. »Das mit dem Fahrrad ist echt nett von dir«, sagte ich. »Ich werde total gut darauf achtgeben.«

Björn grinste wieder sein typisches Björn-Grinsen und gab mir einen Knuff. »Damit bist du bestimmt schneller als der alte Schneider. Jede Wette!«

»Bestimmt.« Ich lachte erleichtert.

Irgendwie war es eine eigenartige Vorstellung, das Fahrrad von Björns toter Schwester zu fahren. Aber vielleicht war es für sie sogar okay. Sie brauchte es ja nicht mehr. Mama sagt, wenn jemand tot ist, dann lebt er in den Gedanken anderer Menschen weiter. Und vielleicht klappte das ja auch mit Gegenständen. Das würde dann bedeuten, dass Svenja irgendwie weiterlebte, weil ich ihr Fahrrad fuhr.

Als ich nach Hause kam, hatte Mama das Rad bereits in den Schuppen gestellt. Ich betrachtete es von allen Seiten. Es war ganz weiß. Sogar die Speichen waren weiß. Die Reifen waren schwarz und hatten einen roten Streifen. Der Sattel war bananenförmig und ebenfalls weiß. Ziemlich schick! Sicher war es teuer gewesen. Vorsichtig schob ich es auf die Straße und fuhr langsam los.

Björn hatte gesagt, ich müsse vielleicht die Fahrradkette schmieren und den Sattel runterstellen. Der Sattel war tatsächlich ein bisschen hoch. Aber ich wollte lieber nichts verändern. Ich drehte noch eine Runde, dann stellte ich es zurück in den Schuppen. Als ich die Türe zuschob, entdeckte ich auf dem Dach eine Taube, die gurrend hin- und herlief. Ich war so glücklich, dass ich am liebsten laut gejubelt hätte: »Alle meine Täubchen, laufen auf dem Dach«, trällerte ich. »Ru, Ru«, rief die Taube warnend. »Hat dich Bernadette geärgert?«, kicherte ich. Mama hasst Tauben und behauptet, Tauben seien fliegende Ratten, die alles verschmutzen würden. Ich finde, sie übertreibt. Als ich klein war, hatte mir Detlef mal eine Postkarte mit einer seltenen rosa Taube darauf geschenkt. Detlef sagte, rosa Tauben kämen nur in Mauritius vor und dass sie dort Glücksbringer seien. Ich benutzte die Karte immer noch als mein Lieblingslesezeichen. Für einen kurzen Moment überlegte ich, ob ich die Taubenkarte Björn schenken sollte, aber dann war ich mir doch nicht ganz sicher, ob ihm eine rosa Taube gefallen würde.

Am Dienstag war noch immer nicht klar, ob der Ausflug stattfinden würde. Aber am Tag darauf teilte uns Herr Schneider mit, dass die Schulleitung definitiv beschlossen habe, auf Kollektivstrafen zu verzichten. Vorläufig. Kaum hatte er ausgesprochen, zeigte Leslie auf und fragte, ob man denn jetzt wisse, wer die Mülleimer angezündet hat. Herr Schneider seufzte und ging zur Wandtafel. »Das werden wir schon noch herausfinden, mach dir mal darüber keine Sorgen.« Mit vier Magneten heftete er eine Karte auf die Tafel. »So, jetzt geht es in die Detailplanung«, sagte er fröhlich. Ein freudiges Raunen ging durch die Klasse. Mit einem Leuchtstift malte Herr Schneider einen Kreis, dort, wo sich die Tropfsteinhöhle befand und dort, wo wir picknicken würden. »Jetzt müssen wir nur noch gutes Wetter bestellen.«

»Und gute Laune!«, rief Timo. Alle lachten.

Punkt sieben trafen wir uns am Donnerstagmorgen auf dem Schulhof. Der Himmel war verhangen und es war ziemlich kühl. Mama hatte mir den Sattel doch noch etwas runtergestellt, und Spidy wollte mir unbedingt eine Plastikspinne an den Lenker hängen, was ich aber im letzten Moment verhindern konnte. Kaum war ich da, kamen auch Konstanze und Timo angefahren. Timo prahlte damit, dass er kürzlich mit seinem BMX eine Treppe hinuntergefahren sei, und grinste dazu wichtigtuerisch.

»Kann jemand ein Foto von uns machen?« Konstanze schob sich mit ihrem Rad vor Timo. Und Franzi und Sarah zückten sofort ihre Handys. »Wartet!«, kreischte sie. »Noch nicht! Ich sehe bestimmt grässlich aus!« Konstanze klaubte ihren Lipgloss hervor und zog sich die Lippen nach. »Jetzt bin ich bereit!« Sie sah aus, als ob sie für einen Sportkatalog posieren würde. Timo grinste sie bewundernd an.

Ich fragte mich, ob Konstanze und Timo jetzt wirklich ein Paar waren, weil sich Konstanze gegenüber Timo etwas eigenartig benahm. Mal nannte sie ihn Süßer, dann wieder beachtete sie ihn kaum oder verdrehte die Augen, wenn er etwas sagte. Ihm schien das alles nichts auszumachen. Er verfolgte sie auf Schritt und Tritt.

»Wann geht's endlich los!« Sarah hing gelangweilt über der Lenkstange ihres Fahrrads. »Wir müssen auf den Schneider warten«, sagte Franzi, weil Herr Schneider noch Pflaster holen wollte. »Falls jemand vom Rad fällt.« Außerdem sollte noch Frau Strüt, die Französischlehrerin der Siebten, zu uns stoßen. Ich setzte mich auf den Boden und wartete auch.

Sarah musterte mein Rad. »Das Rad kommt mir irgendwie bekannt vor ... Ist das nicht das Rad von Björns Schwester?« Ich schüttelte den Kopf.

»Ich habe gehört, dass Björn von der Schule fliegt«, sagte Sarah. »Weil er immer schwänzt. Hat er dir das auch erzählt? Du triffst dich doch immer mit ihm.«

Noch bevor ich antworten konnte, kam Herr Schneider aus dem Schulhaus marschiert. »Achtung, fertig, auf die Sättel!«, rief er munter. »Und fahrt nicht zu dicht hintereinander.«

»Habt ihr alle eine Jacke dabei?«, fragte Frau Strüt, die mit ihrer wilden Hochsteckfrisur ziemlich energisch aussah. »In den Höhlen ist es nämlich recht kühl.« Sie schaute prüfend zu den Wolken. »Na ja, die Wettervorhersage ist gut.«

Mit lautem Geplapper fuhren wir die Dorfstraße hinunter und von da ging es in einer Einerkolonne auf die Landstraße. Ich hatte schon seit Ewigkeiten nicht mehr auf einem Rad gesessen. Überhaupt hatte ich erst ein Mal in meinem Leben einen richtigen Fahrradausflug gemacht. In den letzten Sommerferien mit Papa, Adi und Adis Vater Thomas.

Nach einer Stunde machten wir eine Trinkpause. »Jetzt schon?« Franzi verdrehte die Augen. Vor uns lag ein Rastplatz. »Meine Kollegin braucht eine kurze Pause«, sagte Herr Schneider und wischte sich den Schweiß von der Stirn. Sein Kopf war ziemlich rot. Die Sonne drückte durch die Wolken, es wurde immer wärmer.

»Ich glaube, wir können froh sein, dass es in der Höhle kühl ist«, sagte Frau Strüt, die im Gegensatz zu Herrn Schneider noch sehr fit wirkte.

Ich lief zum Toilettenhäuschen und schloss die Tür. Kurz darauf hörte ich, dass noch jemand hereinkam. »Ist da wer?« Sarah rüttelte an der Türklinke. Ich gab keinen Mucks von mir. Dann hörte ich Leslie. Sarah flüsterte etwas, das ich nicht verstehen konnte. »Jetzt schon?«, fragte Leslie. »In der Höhle«, antwortete Sarah. »Du darfst es aber niemandem sagen.«

Ich wartete noch ein wenig, bis ich sicher war, dass die beiden weg waren. Dann öffnete ich schnell die Tür.

Spatzen sind sehr schlau. Obwohl sie kleinere Hirne haben als Hunde und Katzen, können sie viel kompliziertere Aufgaben lösen.

In der Tropfsteinhöhle

Bis zur Höhle war es nicht mehr so weit zu fahren. Sarah und Konstanze waren längst zurückgefallen. Franzi war ganz vorne gleich hinter Herrn Schneider. Alper rief ihr zu, er habe sie bloß deshalb noch nicht überholt, weil er sich gestern beim Fußballtraining verausgabt habe. Endlich waren wir da. Wir versammelten uns vor dem Eingang der Tropfsteinhöhle und warteten, bis Frau Strüt unsere Tickets geholt hatte. Herr Schneider bat uns, eine Einerkolonne zu bilden und vorsichtig zu gehen, weil der Boden feucht und glitschig sei. »Achtet darauf, dass ihr nicht ausrutscht. Ich möchte keinen von euch tragen müssen.«

Ich blinzelte. Meine Augen mussten sich erst an das Halbdunkel gewöhnen. »He, pass doch auf!« Jennifer war vor mir stehen geblieben und nestelte an ihren Schuhbändern herum. »Mist, ich habe einen Kiesel im Schuh.« Jetzt quetschte sich Franzi an uns vorbei. Von den Wänden tropfte Wasser. Einige der Tropfsteine schimmerten weißlich und sahen glitschig aus. Ein bisschen wie die Tierinnereien, die ich einmal mit Céline in einem Film über Schlachthäuser gesehen hatte. Mich schauderte.

»Hallo, hallo!«, rief Herr Schneider. Seine Stimme verhallte ohne Echo.

»Das sieht echt eindrucksvoll aus«, sagte ich zu Jennifer. »Ich war noch nie in einer Tropfsteinhöhle.« Jennifer sah mich mitleidig an. »Ist doch total öd und WLAN gibt's auch nicht.« Wir kamen zur ersten Plattform. Ich blieb stehen und sah mich um. In einigen Nischen gab es Lampen, die die Wände rot und lila ausleuchteten.

Frau Strüt stand jetzt neben mir und streifte ihren Rucksack ab. »Kannst du mal halten, Marie?« Sie zog ein leuchtend rotes Tuch aus der Seitentasche des Rucksacks und band es sich um den Kopf. »So, jetzt heißt es: Immer dem rotes Tuch folgen!« Frau Strüt lachte. »So geht garantiert niemand verloren!«

Wir liefen weiter, bis wir zu einer Stelle kamen, die laut dem kleinen Schild an der Wand Kathedrale hieß. Die Wände waren bestimmt fünfzig Meter hoch und überall hingen spitze Steine hinunter. »Hier gibt es mehr Platz!«, rief Herr Schneider. »Bleibt alle mal stehen!« Er holte einen schwarzen Notizblock aus der Tasche und berichtete uns mit lauter Stimme, was es Wissenswertes zur Höhle zu sagen gab, dass sie von Geologen auf ein bis zwei Millionen Jahre geschätzt wird und so. »Oh Mann, die ist fast so alt wie meine Großmutter«, witzelte Alper.

»Zu dieser Zeit wurde ein Hohlraum beträchtlichen Ausmaßes geschaffen«, fuhr Herr Schneider unbeirrt fort.

»Bestimmt fragt er uns das bei nächster Gelegenheit alles ab«, stöhnte Franzi. »Wie alt, hat er gesagt, ist die Höhle? Ich kann mir das eh nicht merken …«

»Bis Anfang des letzten Jahrhunderts mussten die Besucher durch manche Gänge kriechen«, erzählte Herr Schneider. »Heute gibt es fast überall gut ausgebaute Treppen und Gänge.«

»Igitt, da hat jemand einen Kaugummi hingeklebt!«, rief Leslie.

»Ich schau mich mal in der Drachengrotte um!«, verkündete Timo.

»Wir bleiben alle zusammen«, sagte Herr Schneider streng und setzte seinen Vortrag fort. »Diese Tropfsteine, die ihr hier seht, nennt man Stalaktiten und Stalagmiten. Wer von euch kennt den Unterschied?«

»Was für Titten?« Einige begannen wie wild zu lachen.

»Ja, ja, sehr lustig«, sagte Herr Schneider. Er versprach uns einen Schokoriegel für die richtige Antwort.

Alle riefen durcheinander. Konstanze, die sich bei Timo eingehängt hatte, stand neben einer kleinen Treppe, die mit einem Seil abgesperrt war. »Stalaktiten zeigen nach unten, Stalagmiten nach oben!«, rief sie. »Das weiß doch jedes minderbemittelte Baby.« Konstanze sah zu mir herüber, und ich fühlte mich ertappt, weil ich die beiden beobachtet hatte.

»Genau«, sagte Herr Schneider. »Die Tropfsteine, die von der Decke hängen, nennt man Stalaktiten. Im Gegensatz zu den Stalagmiten. Die wachsen vom Höhlenboden empor. Und von einem Stalagnat spricht man, wenn beide Tropfsteintypen zusammengewachsen sind. Schaut mal, hier vorne …«

»Gleich falle ich in Ohnmacht«, jammerte Franzi.

»Herr Schneider, dieser Stein da hinten sieht aus wie ein rotes Schaf«, rief Jennifer. »Ich sehe einen Adler!«, rief ich. Sarah verdrehte die Augen. Sie stellte sich neben Konstanze. »Ich geh mir das Schaf anschauen, kommst du auch?« Ihre Stimme klang bestimmt.

»Ihr könnt euch jetzt überall dort umsehen, wo es keine Absperrungen gibt«, sagte Herr Schneider.

»Hilfe! Herr Schneider! Was ist das?«, schrie Sarah, als etwas Schwarzes über seinen Kopf flog. Sarah zeigte mit ihrem Finger in die Luft. – »Eine Fledermaus«, sagte Herr Schneider. »In den meisten Tropfsteinhöhlen wohnen Fledermäuse.« – »Ihhh!«, kreischte Franzi. »Ich will, dass die rausfliegt!« – »Die beißt dich schon nicht«, sagte Frau Strüt und kicherte.

»In Südfrankreich, wo meine Mutter herkommt, erzählt man sich, dass Anfang des letzten Jahrhunderts ein Kind von einem kleinen Kätzchen in eine Höhle gelockt wurde und danach den Ausgang nicht mehr fand«, erzählte Frau Strüt. »Es heißt, dass sie zu Stein wurde. In der Höhle gibt es einen Stein, der aussieht wie ein Mädchenkopf. Die Leute erzählen sich, dass das Kätzchen in Wirklichkeit ein verwandelter Bischof war, der die Mutter des Mädchens bestrafen wollte, weil sie das Kind unehelich geboren hatte.« Frau Strüt lachte. »Solche Geschichten hat man sich früher bei uns erzählt.«

Ich musste an Mama und Papa denken, die mich und Spidy bekommen hatten, ohne dass sie verheiratet waren. Schweigend lief ich neben Frau Strüt her. Ich war froh, dass sie auch mitgekommen war. Sie war wirklich nett.

»Warum sind eigentlich manche Eingänge abgesperrt?«, fragte ich.

»Wahrscheinlich, weil dort die Wege noch nicht ausgebaut wurden«, sagte sie. »Es kann auch sein, dass in diesem Teil der Höhle einzelne Steine abbröckeln. Und das wäre dann zu gefährlich.«

»Da vorne ist schon der Ausgang!«, rief Franzi. Als alle wieder draußen warten, zählte Herr Schneider uns durch. »Sehr gut«, sagte er, nachdem er fertig war, »keiner wurde von einer Fledermaus gefressen. Das heißt, dass wir jetzt zu unserem Picknickplatz fahren können.«

Damit mein Rad nicht umkippte und einen Kratzer abbekam, hatte ich es ein bisschen weiter weg an einen Baum gelehnt. Als ich jetzt den Weg hinunterging, sah ich auf einmal, wie Timo und Konstanze ihr Rad in die entgegengesetzte Richtung schoben. Timo sah sich um. Aber er hatte mich nicht gesehen.

Unser Picknickplatz lag etwa eine halbe Stunde von der Höhle entfernt. Herr Schneider wollte, dass wir als Erstes Holz sammelten, damit wir ein richtig schönes Feuer machen konnten. Franzi und Leslie rannten sofort in Richtung Wald. Die andern Mädchen konnten sich nicht recht entscheiden, was sie tun sollten. »Ich bin total geschafft«, sagte Kim und ließ sich ins Gras plumpsen.

Herr Schneider lachte. »Aber Sarah und Marie, ihr seid hoffentlich nicht auch noch zu schlapp, um Holz zu sammeln …«

»Ich gehe zur Lichtung«, sagte Sarah bestimmt und ging los, ohne mich weiter zu beachten. Ich zögerte, doch dann lief ich ihr nach. Kaum waren wir im Wald und außer Sichtweite, begann Sarah mit mir zu reden. So als wären wir die engsten Vertrauten. »Leslie nervt«, zischte sie. »Dauernd muss sie damit angeben, dass ihre Mutter sie auf dem Reiterhof angemeldet hat. Ist doch total bescheuert.«

»Vielleicht reitet sie einfach gerne.« Mir war es ziemlich gleichgültig, ob Leslie reiten wollte oder nicht. »Wo ist eigentlich Konstanze?«, fragte ich. Als wir beim Picknickplatz angekommen waren, hatte ich sie nirgends gesehen und Timo auch nicht. Vielleicht waren sie ja wirklich woanders hingefahren. Auch wenn es mich eigentlich nichts anging, sagte ich: »Ich habe gesehen, dass sie und Timo beim Ausgang der Höhle in die andere Richtung gefahren sind.« Sarah sollte nur wissen, dass ich auch Bescheid wusste. Sie sah mich dann auch gleich prüfend an. »Hast du das wirklich gesehen?«

»Ja!« Ich verdrehte die Augen.

»Okay, dann weiß ich Bescheid«, sagte Sarah wichtig. »Dann ist sie mit Timo in die Höhle zurück, weil Timo Fotos vom abgesperrten Teil der Höhle posten will.«

»Ich dachte, du und Konstanze, ihr beide wolltet euch absetzten?«

»Quatsch! Wie kommst du denn darauf? Ich habe dir doch gesagt, dass wir das nicht vorhatten!« Sarah riss wütend an einem dürren Ast.

»Aber ist das nicht gefährlich, in der Höhle in den abgesperrten Bereich zu gehen? Frau Strüt meinte, manchmal würden Steinbrocken herunterfallen …«

»Und wenn schon! Denen geschieht schon nichts. Außerdem würde es Timo recht geschehen, wenn er einen Brocken abkriegt.« Sarah kicherte böse.

Irgendwie hatte ich das Gefühl, dass sie im Moment nicht so gut auf Konstanze zu sprechen war. »Vielleicht sollten wir es wenigstens Frau Strüt sagen, die ist doch total nett, die sagt sicher nichts.«

»Wenn du denen was erzählst«, sagte Sarah und sah mich drohend an, »dann bringt dich Konstanze definitiv um. Im Ernst! Die hasst dich nämlich, falls du es noch nicht gemerkt haben solltest, weil du dauernd Quatsch redest.«

Wenn ein Kuckuck einem anderen Vogel ein Ei ins Nest legt, brüten die Vögel das Kuckucksei freiwillig aus. Ist das fürsorglich oder dumm?

Kein Ausweg

»Sarah! Sarah!« Wir sind da drüben!« Franzi und Leslie kamen auf uns zugelaufen. Franzi wedelte mit einem riesigen Ast.

Ohne ein Wort zu sagen, ließ mich Sarah stehen und lief zu den andern. Ich hob ein paar Zweige auf. Der Geruch nach verbranntem Holz lag in der Luft. Offenbar hatte Herr Schneider bereits mit dem Feuermachen begonnen.

Langsam trottete ich zurück zur Lichtung. Ab und zu bückte ich mich, um einen trockenen Zweig aufzuheben. Ich sah, dass einige bereits an der Feuerstelle saßen. Konstanze und Timo konnte ich nirgends entdecken. Waren sie immer noch in der Höhle? Sicher wussten sie nicht, wie gefährlich der abgesperrte Teil der Höhle war. Ich mochte Konstanze genauso wenig wie sie mich. Und Timo war ein blöder Angeber, da hatte Sarah schon recht. Ich überlegte hin und her, ob ich etwas sagen sollte. Eigentlich müsste Konstanze sich ja auskennen, weil sie schon oft in der Höhle gewesen war. Ich ging zurück zur Feuerstelle. Auf einem Baumstamm lag eine Plastikschüssel mit Teig für das Stockbrot.

Herr Schneider wickelte den Teig um einen Ast. »Da bist du ja, Marie! Warst du zusammen mit Konstanze und Timo?« Ich schüttelte den Kopf. »Hat die beiden sonst jemand gesehen?« Herr Schneider schaute zu Sarah.

»Keine Ahnung, wo die sind«, sagte Sarah scheinheilig. Ich konnte es kaum fassen. Sie tat einfach, also ob nichts wäre! »Ich glaub, ich hab sie gesehen!«, rief ich. »Ich geh sie holen!« Sarah sah mich misstrauisch an. Noch bevor jemand etwas sagte, rannte ich in Richtung Wald. Auf der Lichtung drehte ich mich noch mal um. Niemand folgte mir. Schnell lief ich zu meinem Fahrrad. Dann fuhr ich los.

Wenn jemand Hilfe braucht, dann muss man ihm helfen! Selbst wenn man die Person nicht mag. Sicherlich gab es in Afrika auch blöde Leute, und trotzdem half Papa ihnen, Brunnen zu bauen. Während ich die Straße hinunterfuhr, kam ich mir fast ein bisschen heldenhaft vor. Das war ein gutes Gefühl. Ich war die große Retterin! Wahrscheinlich war mir Konstanze sogar dankbar. Ich fuhr so schnell, dass meine Beine schmerzten.

Als ich bei der Höhle ankam, wartete eine Gruppe Männer mit roten Mützen vor dem Eingang. »'tschuldigung, ich habe vorhin in der Höhle meinen Pulli vergessen, bitte lassen Sie mich durch.« Ich quetschte mich an den Männern vorbei in die Höhle. Diesmal gewöhnte ich mich schneller an das Dunkel. Ich lief so schnell ich konnte den Weg entlang zur »Kathedrale«. »Aua!« Ich glitt aus und konnte mich im letzten Moment an den spitzen Steinen der Höhlenwand festklammern. Dabei schürfte ich mir die Hand auf. Mist! Wo ging es weiter? Nach rechts? Oder nach links? Rechts war ein Tümpel. Ich konnte mich nicht erinnern, dass ich den gesehen hatte. Oder doch? Von irgendwo her vernahm ich Stimmen und ein grollendes Lachen. »Konstanze? Bist du da?« – »Da, da …«, hallte es durch die Höhle. Ich rief etwas lauter: »Konstanze! Timo!« Keine Antwort.

Ich lief einen langen, schmalen Gang entlang, an den ich mich definitiv nicht mehr erinnern konnte. Und dann sah ich die Absperrung. Bestimmt waren sie da lang gelaufen. Ich bückte mich und ging unter der Kette durch. Überall lagen Steine. In diesem Teil der Höhle gab es keinen ausgebauten Weg mehr und außer einer schwachen Baustellenlampe, die von einem dicken Kabel hing, auch kein Licht. »Konstanze?«, sagte ich vorsichtig. Von irgendwo her hörte ich ein unregelmäßiges Klopfen. »Hallo!« Das Klopfen wurde lauter. Vielleicht gab es hier so eine Art Nebenhöhle und die beiden waren dort. Ich lief ein kleines Stück weiter, bis ich zu einem Schacht und einer Treppe kam. Und dann ging plötzlich das Licht aus. »Hallo, ist da unten wer?«

Der Lichtkegel einer Taschenlampe leuchtete mir mitten ins Gesicht. Ein Mann mit einem gelben Helm sah mich grimmig an. »Hier darf keiner durch. Da vorne hängt ein Schild! Kannst du nicht lesen?«

»Tut mir leid, ich suche jemanden …«, stammelte ich.

»Hier ist keiner!«, sagte der Mann unwirsch. »Das ist eine Baustelle. Und wenn etwas passiert, dann tragen wir die Verantwortung!« Ein bisschen klang er wie Herr Bela, der Schulwart. Ich machte einen Schritt rückwärts. Der Mann packte mich unsanft am Arm. »Ich bring dich jetzt zum Ausgang zurück!«, blaffte er.

Ich traute mich nicht, ihn noch weiter zu fragen, ob er Konstanze und Timo gesehen hatte. Jedenfalls waren sie sicher nicht von einem Steinbrocken erschlagen worden, sonst hätte er bestimmt etwas gesagt.

Die Männer von vorhin standen jetzt vor der Höhle und rauchten. »Und, hast du deinen Pulli gefunden?«, rief mir einer zu. »Ja, alles gut!«, rief ich. Meine Stimme zitterte.

Ich musste unbedingt so schnell wie möglich zum Picknickplatz zurück. Wenn Herr Schneider alle nochmals durchzählte und ich fehlte, gab es sicher Ärger. Mein Herz klopfte wie wild.

Als ich völlig außer Puste beim kleinen See ankam, waren zum Glück noch alle da. Das Feuer war beinahe erloschen. Konstanze saß mit Sarah auf einem Baumstamm. Die beiden unterhielten sich fröhlich. Sollte ich etwas sagen?

Herr Schneider packte seinen Rucksack. Meiner lag immer noch da, wo ich ihn hatte liegen lassen. Mein Magen knurrte.

»Marie, wo kommst denn du her?« Frau Strüt sah mich fragend an.

Herr Schneider schaute grimmig. »Marie, in unserer Klasse gibt es Regeln. Du kannst nicht einfach machen, was dir passt. Wenn wir zusammen einen Ausflug machen, dann bleiben wir auch zusammen. Hast du verstanden?« Ein paar aus der Klasse scharten sich um Herrn Schneider und starrten mich an. Einige begannen zu tuscheln.

»Entschuldigung«, sagte ich. »Ich wollte doch bloß nach Konstanze und Timo sehen … Ich dachte, dass sie zur Höhle zurück sind. Und …«

Konstanze machte einen Schritt auf mich zu. »Spinnst du jetzt total? Erst spionierst du mir nach, und jetzt bin auch noch ich schuld daran, dass du einfach abhaust. Du hast sie wohl nicht mehr alle!« Sie lachte schrill.

Ich spürte, wie mein Kopf heiß wurde. Meine Hände begannen zu zittern und mein Magen zog sich zusammen. Konstanze stand jetzt so nah vor mir, dass ich ihren Atem spüren konnte.

»Du bist total psycho!«, zischte sie. »Du und deine Familie, ihr seid so was von Psychos.«

Ohne eine Sekunde zu überlegen, holte ich aus. Mein Schlag traf Konstanze mitten ins Gesicht.

Amseln sind nicht aggressiv! Außer, sie kriegen zu wenig Nahrung. Aggressiv werden sie aber, wenn man sie belästigt oder reizt.

Krieg und Kunststücke

Konstanze stieß mich weg, woraufhin ich ihr ans Schienbein trat.

»He, he! Hört sofort damit auf!« Herr Schneider packte mich am Arm. Ich war so wütend, dass ich Konstanze am liebsten zu Boden geworfen hätte, aber Herr Schneider hielt mich zurück. Ich zitterte am ganzen Körper.

Konstanzes Stimme war schrill. »Habt ihr gesehen? Sie ist auf mich losgegangen! Einfach so. Dabei habe ich ihr gar nichts getan. Die spinnt total!« Sie tippte sich mit dem Zeigefinger auf die Unterlippe. »Ich glaube, meine Lippe blutet …«, jammerte sie.

»He, Mann! Das ist doch bloß Lippenstift.« Alper begann wie wild zu lachen. Konstanze blitzte ihn wütend an. »Also, ich finde das nicht lustig.«

»Jetzt beruhige dich, Konstanze!« Frau Strüt schüttelte den Kopf. »Ihr benehmt euch wie zwei Kleinkinder. Das ist lächerlich.«

Ich stand immer noch wie versteinert da. Frau Strüt sah mich an. »Und du, Marie, entschuldigst dich bei Konstanze.«

Alle sahen gebannt zu mir. Ich schüttelte den Kopf.

»Marie, du hast gehört, was Frau Strüt gesagt hat?« Herr Schneiders Stimme hatte einen gefährlichen Unterton.

»Ich entschuldige mich nicht«, sagte ich erneut. »Nie im Leben!« Und dann begann ich zu heulen, obwohl das das Allerletzte war, was ich wollte.

Niemand sagte etwas. Wie durch einen Wattebausch hörte ich, wie Herr Schneider die anderen anwies, ihre Sachen zusammenzupacken. Dann kam er auf mich zu, und als ich wegsah, griff er nach meinem Arm: »Marie! So geht das nicht! Ich glaube, wir müssen mal ernsthaft miteinander reden! Ich weiß nicht, was ihr an deiner alten Schule für Umgangsformen hattet, aber hier bei uns geht so was nicht! Ist das klar?«

Ich nickte, um ihn loszuwerden, nahm schniefend meinen Rucksack und holte mein Rad. Alles drehte sich. Ich wollte nur noch weg. Sonst müsste ich losschreien! So eine Gemeinheit! Weshalb musste ich mich entschuldigen? Konstanze war gemein zu mir gewesen! Schon die ganze Zeit. Seit ich in diese blöde neue Schule gekommen war. Was hatte ich ihr getan! Gar nichts! Nichts! Nada! Ich hatte ihr doch nur helfen wollen! Wütend schob ich mein Rad in Richtung Straße.

»Marie! Jetzt bleib doch mal stehen!« Ich drehte mich um. Frau Strüt stand direkt hinter mir. »Marie, du und Konstanze, ihr müsst miteinander reden. Wenn man mit Worten nicht klarkommt, kann man nicht einfach drauflosschlagen. Das weißt du doch auch. Schlagen ist nie eine Lösung.«

Wenn Frau Strüt so mit mir redete, klang es wirklich, als wäre ich ein gewalttätiger Psycho. Dabei hatte ich noch nie in meinem Leben jemanden geschlagen! Warum konnten die mich nicht alle in Ruhe lassen!

Frau Strüt legte mir die Hand auf den Arm und redete mit eindringlich sanfter Stimme weiter. »Es wäre doch schade, wenn so ein unnötiger Schatten über dem Ausflug hängen bliebe. Willst du dich nicht doch bei Konstanze entschuldigen? Dann hättest du es hinter dir. Nachher versteht ihr euch bestimmt wieder.« Sie redete mit mir wie mit einem kleinen Kind.

»Das Problem bin nicht ich«, sagte ich trotzig, »sondern sie!«

Frau Strüt seufzte. »Na ja, am besten, ihr klärt das zusammen mit Herrn Schneider. Aber wenn du dich aussprechen möchtest … jederzeit …« Sie tätschelte meine Schulter. Reflexartig wich ich zurück. Am liebsten hätte ich sie angeschrien, sie solle abhauen. Aber das traute ich mich nicht.

Auf der Rückfahrt fuhr ich mit Absicht so schnell, dass ich ganz vorne war. Jetzt war ich ganz knapp hinter Herrn Schneider. Es fühlte sich gut an, so schnell zu fahren. Fast, als würde man fliegen. Über uns kreiste ein Mäusebussard. Sein Ruf schallte hoch und schrill über dem Feld. Es klang wie der Schrei einer Katze.

Als wir wieder in Münde waren, dämmerte es bereits. Es war immer noch warm. Wir fuhren noch mal auf den Schulhof, damit die Lehrer uns durchzählen konnten. Diesmal fehlte niemand. Alle Mädchen verabschiedeten sich voneinander und umarmten sich. Ich verabschiedete mich von niemandem.

»Tschüss, Klitschko!« Alper winkte mir zu und grinste, aber ich beachtete ihn nicht.

Langsam fuhr ich am Einkaufszentrum vorbei in Richtung Dorfplatz. Plötzlich hörte ich ein ratterndes Geräusch hinter mir.

»He, ich habe dich gesehen. Bist du den ganzen Tag so langsam gefahren?« Björn überholte mich in rasantem Tempo und schnitt mir den Weg ab. Beinahe wäre ich in ihn reingefahren. »He, stopp!« Björn lachte.

Schnell stieg ich vom Rad »Da«, sagte ich und hielt ihm das Fahrrad hin. »Danke.« Was Besseres fiel mir nicht ein. Ich strich über die Lenkstange. Das Rad schwankte. Reflexartig hielt Björn es fest. Genau da, wo ich meine Hand hatte. Ich spürte, wie ich knallrot wurde.

»Super Fahrrad. Fährt echt gut«, sagte ich verlegen. »Ich hoffe, es ist noch alles so wie vorher. Also, ich denke schon.«

Björn machte immer noch keine Anstalten, seine Hand wegzunehmen. »Du musst es mir nicht jetzt zurückgeben.«

»Aber ich wohne gleich da vorne. Ich kann auch zu Fuß gehen. Du kannst es wirklich wieder mitnehmen. Echt.« Hoffentlich merkte Björn nicht, wie nervös ich war.

Aber er sah mich nur an und grinste. »Ich weiß, wo du wohnst. Aber ich brauche es im Moment nicht. Außerdem gehe ich nicht nach Hause. Du kannst es mir irgendwann mal geben. Okay?« Björn ließ meine Hand los.

Wir blieben beide stehen und schwiegen. »Und, sag schon, warst du schneller als der alte Schneider?«, fragte Björn. Seine Stimme ließ mich zusammenzucken.

»Ich habe Konstanze eine geknallt«, sagte ich, obwohl das überhaupt nichts mit seiner Frage zu tun hatte.

Björn sah mich erstaunt an. »Echt?«

Ich nickte und schob das Fahrrad in Richtung nach Hause. Sicher dachte Björn jetzt auch, dass ich total bescheuert war. Björn lief langsam neben mir her.

»Geschieht ihr recht. Wirklich. Sie ist eine eingebildete blöde Kuh. Sie denkt von sich, sie sei super«, sagte er plötzlich. »Dabei ist sie eine totale Loserin.«

»Findest du?«

»Na klar. Du etwa nicht?«

»Doch«, sagte ich zögernd. Und vorsichtig fügte ich

hinzu: »Ich finde sie extrem unsympathisch.« Ich hätte noch gerne gesagt, dass Konstanze die blödeste Zimtzicke ist, der ich jemals begegnet war. Und dass ich Sarah auch blöd fand. Mindestens genauso! Und dass die andern auch doof waren. Aber ich wollte Björn auf keinen Fall nerven, indem ich über alles und jeden herzog.

Björn zog eine Zigarette aus seiner Tasche. »Willst du?« Ich schüttelte den Kopf.

»Auch gut«, sagte er. »Sind nämlich teuer.« Ich nickte. »Stimmt«, sagte ich. Dabei hatte ich nicht die leiseste Ahnung, was Zigaretten kosteten. Björn nahm einen tiefen Zug. »Gib mal dein Rad.« Er schnappte sich das Rad und fuhr ein paar Achten um mich herum. Die Achten wurden immer enger und am Ende hob er die Lenkstange und fuhr auf dem Hinterrad um mich herum.

»Super!« Ich lachte. »Damit kannst du zum Zirkus.«

Björn duckte sich und fuhr, ohne etwas zu sagen, in einem Höllentempo davon. Was war denn jetzt wieder los? Hatte ich ihn etwa beleidigt? Ich klemmte mir sein Skateboard unter den Arm und lief in die Richtung, in der er verschwunden war. Dann sah ich ihn plötzlich mit dem Fahrrad über ein Mäuerchen hechten und dann über einen Rasen fahren.

»Kannst du Crossradfahren?«, rief er mir entgegen. Björn lachte. Er sah ganz anders aus, wenn er lachte!

»Das ist kein Crossrad!«, rief ich grinsend, »das ist ein Rasenquerfeldeinrad!«

Björn stoppte und stieg vom Rad. »Jetzt du!«

Ich zögerte, dann stieg ich aufs Rad und fuhr auf der anderen Straßenseite, erst ein Stück auf dem Gehsteig und dann über den Rasen eines Vorgartens. Ich schaute mich um. Jetzt oder nie! Mein Herz klopfte wie wild, meine Hände waren feucht, ich fuhr schneller und schließlich hechtete ich auch über das Mäuerchen. »Geschafft!«, rief ich erleichtert.

»Mutprobe bestanden.« Björn grinste.

Wir fuhren noch ein ganzes Stück zusammen. Ich auf dem Fahrrad und Björn auf seinem Skateboard. Obwohl ich den ganzen Tag unterwegs gewesen war, war ich plötzlich kein bisschen müde.

»Ich geh zum Einkaufszentrum«, sagte Björn. »Ich hab Hunger.«

»Ich habe noch eine Wurst und Brote«, sagte ich schnell. »Wenn du willst, können wir die essen.«

»Okay.«

Wir setzten uns vor dem Getränkemarkt auf ein Mäuerchen. Es war dasselbe Mäuerchen, auf dem ich mit Sarah gesessen hatte. Bloß, das jetzt alles ganz anders war.

»Die Wurst ist roh«, sagte Björn.

»Ist doch egal«, sagte ich. »Mein kleiner Bruder isst sogar Fliegen.«

Björn sah mich von der Seite an. »Das ist was anderes«, sagte er. »Spiderman mag Fliegen.« Wir lachten.

Wir saßen noch eine ganze Weile auf dem Mäuerchen und redeten. Björn war wirklich nett. Ich glaube sogar, er war der netteste Junge, mit dem ich jemals geredet hatte. Als ich nach Hause fuhr, war es schon dunkel. Ich hatte keine Ahnung, wie spät es war, bis Mama mir entgegengelaufen kam. »Es ist zehn Uhr!«, teilte sie mir vorwurfsvoll mit. »Ist es normal, dass man erst um diese Zeit zurückkommt? Du hättest Bescheid geben können!«

»Es hat eben etwas länger gedauert«, sagte ich. Ich wollte an Mama vorbei in mein Zimmer gehen. Aber sie hielt mich zurück.

»Ich fände es gut, wenn du die Telefonliste deiner Klasse am Kühlschrank aufhängen würdest. Ich hatte natürlich überhaupt keine Telefonnummer von deinem Lehrer.« Mama seufzte. »Wirklich, Marie, ich hatte heute schon genug Ärger! Erst wurde mir ein falscher Zylinder für meine Installation geliefert und dann kam auch noch dieser Anruf von unseren netten Nachbarn. Spidy hat Kaulquappen in eine Saftflasche abgefüllt und sie Tiffany geschenkt, wie er sagt.«

»Na und? Ist doch nichts dabei?«, sagte ich und merkte, wie mir die Tränen in die Augen schossen und mein Mund ganz trocken wurde.

»Findest du! Frau Kraemer hat aber aus der Saftflasche getrunken! Natürlich war wieder einmal alles Spidys Schuld!« Mama seufzte. »Frau Kraemer ist völlig ausgerastet!« Mama verdrehte die Augen. »Durch ihr blödes

Gekeife habe ich den ganzen Nachmittag verloren. Dabei habe ich noch so viel zu tun. Ich kriege diesen blöden Dampfmotor einfach nicht zum Laufen, es ist zum Verzweifeln.« Mama seufzte tief. Jetzt erst fiel mir auf, dass sie nach Maschinenöl roch.

»Ich geh jetzt schlafen«, sagte ich.

Ich spürte, wie mich plötzlich eine bleierne Müdigkeit überkam. Ich hatte schon genug Probleme. Mit den Problemen von Spidy und Mama wollte ich absolut nichts zu tun haben. Ich spürte, wie Verzweiflung in mir hochkam. Warum konnten sie mich nicht alle einfach in Ruhe lassen!

»Ist schon gut«, seufzte Mama. »Geh nur, wenn du müde bist.« Es klang wie ein Vorwurf. »War es denn schön?«

Ich brummte etwas und ging die Treppe hoch. Als ich bereits an meiner Zimmertür war, hörte ich Mama schon wieder: »Hast du keinen Hunger, Marie? Du hast doch noch gar nichts gegessen!« Ich riss mich zusammen und rief: »Nein, wirklich nicht! Ich will einfach meine verdammte Ruhe!« Meine Stimme klang nach Tränen.

»Marie!«

»Was ist noch?«

»Du musst dir keine Sorgen machen wegen unseren Nachbarn. Ich lade sie mal zum Essen ein. Dann können die gar nicht mehr eklig zu uns sein!« Mama lachte. »Ich krieg das schon hin.«

Ich schloss die Zimmertür und warf mich auf mein Bett und heulte los. Ich weinte, wie ich überhaupt noch nie geweint hatte. Es schüttelte mich. Ich konnte nicht mehr aufhören.

Nach einer Weile klopfte es. »Marie?«

»Was ist?« Ich wischte mir schnell die Tränen aus dem Gesicht.

Leise ging die Türe auf. »Alles in Ordnung, Marie?«

Ich steckte den Kopf unter das Kopfkissen. »Ich will nicht, dass Kraemers zu uns kommen«, schluchzte ich. Für einen kurzen Moment überlegte ich, ob ich ihr vom Streit mit Konstanze erzählen sollte.

Doch dann ging Mama zum Fenster und zog den Vorhang zu. »Du musst dir das alles doch nicht so zu Herzen nehmen, Marie. Ich glaube, dass du da ein bisschen überreagierst. Wir lösen das ganz vernünftig. Ich rede mit denen. Man kann mit allen Leuten reden. Sogar mit unseren Nachbarn. Du wirst sehen, ich kriege das hin. Wir lassen uns doch nicht unser schönes Haus vermiesen.«

Nein, es hatte keinen Sinn. Mama würde auch Konstanze »ganz nett« finden und mir sagen, dass man mit allen Leuten reden könne. In ihrer Welt gab es keine unlösbaren Probleme. Ich drehte mich zur Wand. »Ist gut, Mama«, sagte ich. »Ich schlafe jetzt. Gute Nacht.«

Ich presste die Lippen zusammen und bewegte mich nicht mehr, bis Mama endlich aus dem Zimmer gegangen war. Ich hatte Angst. Morgen würde Konstanze mich fertigmachen, das war klar. Es würde schlimmer werden als je zuvor.

Am schnellsten fliegen Vögel, wenn sie auf der Jagd oder auf der Flucht sind. Wenn ein kleiner Vogel über eine Wiese fliegt, gibt er Gas, damit er sich schnell vor Greifvögeln in Sicherheit bringen kann.

Tschüss, Münde

Als ich am Morgen aufwachte, hatte ich kaum geschlafen. Ich hatte geträumt, dass ich vor der Wandtafel stand. Jemand hatte mit weißer Kreide *Psycho* an die Tafel geschrieben. Ich versuchte, das Wort wegzuwischen, immer wieder. Aber es gelang mir nicht.

Beim Aufwachen war mein Kopf leer. Meine Augen waren verquollen und meine Beine fühlten sich wie Pudding an. Mir war schlecht, und als ich die Treppe hinunterging, drehte sich alles im Kreis. Ich fühlte mich genauso wie im letzten Winter, als ich Grippe hatte und Eislaufen gegangen war. Nur, dass ich mich heute noch elender fühlte.

In der Küche war niemand. Aus der Werkstatt vernahm ich ein lautes Hämmern. Offenbar war Mama heute schon früh am Arbeiten. Spidy saß draußen auf der Treppe, seinem neuen Lieblingsplatz, und trank seinen Kakao. Dazu las er einen Comic. Ich hastete an ihm vorbei und holte das Rad.

»Tschüss, Spidy …«

Spidy blätterte weiter und gab keine Antwort. »Tschüss!«, wiederholte ich etwas lauter. Spidy sah kurz auf. »Marie, darf man eigentlich jemanden schlagen?«

Ich blieb ruckartig stehen. »Wie schlagen?«, stammelte ich.

»Mit einem Stock!«

»Nein, sicher nicht! Wie kommst du darauf?«

Spidy holte tief Luft. »Aber wenn … jemand jemandem etwas Böses antut, also angetuet hat, und der andere lag gestern tot im Gras. Dann darf man doch?«

»Hä? Was sagst du? Wer liegt tot im Gras?«

»Jemand, den du kennst!«

»Spidy, du nervst! Jetzt sag schon, was los ist!«

»Die fette Katze hat deine Amsel totgebissen!« Spidy sah mich trotzig an.

Ich blieb entsetzt stehen. »Das ist nicht wahr!«

»Willst du sehen?« Ich nickte. Ich hatte das Gefühl, als ob ich innerlich erstarren würde.

Spidy erhob sich umständlich von der Treppe. Dann führte er mich hinter den Schuppen. In einer Erdmulde lag ein toter Vogel. »Das ist keine Amsel«, sagte ich tonlos. »Das ist eine Haustaube, sie hat ein graublaues Gefieder.« Spidy seufzte tief.

»Deine Tage sind gezählt, Katze!«, rief Spidy und schaute sich wütend um.

»Lass die Katze in Ruhe«, sagte ich. »Das bringt nichts. Katzen sind so. Du kannst sie nicht ändern. Wir vergraben die Taube heute Abend.«

»Marie …«

»Was ist denn jetzt noch?«

Spidy zögerte. »Das war nicht der grüne Kobold? Weil, es gibt ihn nicht in echt?

»Fragst du mich das im Ernst? Darüber haben wir doch schon hundertmal geredet.« Meine Stimme klang ungeduldiger, als ich es wollte.

»Ich wollte bloß sicher sein«, sagte Spidy kleinlaut.

»Also, ich muss jetzt dringend gehen. Sonst komme ich zu spät. Tschüss.«

Ich ließ meinen Bruder stehen und schnappte das Rad. Langsam fuhr ich den Weg entlang bis zur Straße. Mein Herz klopfte. Wenn dieser elende Tag nur schon vorbei wäre! Wie ich das alles hasste!

Da, wo die Straße einen Bogen machte und es ein bisschen bergab ging, hängte ich mich in die Kurve. Unten angekommen, schaltete ich in den nächsten Gang. Das Fahrrad fuhr immer schneller. Der Fahrtwind blies mir frisch um die Ohren. Je schneller ich fuhr, desto besser fühlte ich mich. Und als ich das graue Schulhausgebäude vor mir sah, war mit einem Mal alles ganz einfach: Ich fuhr einfach daran vorbei. Ich schaute nicht einmal mehr zurück. Nie hätte ich gedacht, dass es mir so leichtfallen würde, die Schule zu schwänzen. Aber es war großartig, einfach alles hinter sich zu lassen. Die blöde Konstanze, die falsche Sarah, der ahnungslose Herr Schneider, nichts ging mich mehr etwas an. Als ich an der Ortstafel vorbeikam, rief ich: »Tschüss, Münde, du Arschgesicht!« Ich fiel beinahe vom Rad vor Lachen. Es war das allererste Mal, seit wir hierher gezogen waren, dass ich mich genauso gut fühlte wie früher. »Tschüss, blöder Wald!«

Ein Spatz flog knapp vor meinem Rad vorbei. »Hallo, Spatz! Flieg weiter! Ich hol dich ein!« Ich fuhr durch das nächste Dorf und auch durch das übernächste. In Waldenau beschloss ich anzuhalten. Ich hatte Durst und ein wenig Hunger. Zum Glück hatte ich etwas Geld dabei. Langsam fuhr ich um den Dorfplatz herum. Eine Gruppe mit kleinen Kindern stand vor dem Rathaus und eine Frau zeigte zum Turm. Sie erinnerte mich ein bisschen an Spidys Lehrerin. Ich folgte den Schildern und fuhr zum Bahnhof. Dort gab es einen großen Kiosk, wo ich mir ein Eis und einen Schokoriegel kaufte. Zufrieden setzte ich mich auf eine Bank und beobachtete eine Frau, die mit einem Hund an der Leine das Bahngleis abschritt. Hier konnte ich mir in aller Ruhe überlegen, was ich als Nächstes tun würde. Bisher hatte ich mir keine Sekunde überlegt, wohin ich fahren wollte. Aber es ist eindeutig besser, wenn man ein Ziel hat. Man kann nicht ewig in der Gegend herumfahren.

Höchstens vielleicht Björn. Aber ganz sicher war ich mir auch nicht.

Um besser nachdenken zu können, kniff ich die Augen zusammen. Das hilft, sich zu konzentrieren. Und dann, ohne dass ich es wollte, war alles wieder da. Die ganze Erinnerung an gestern. Konstanze mit ihrem triumphierenden Blick, Sarah, Franzi und all die andern … Hastig drehte ich mich um. Ich war immer noch allein. Aber selbst wenn sie nicht da waren, konnte ich sie sehen. Ich schüttelte heftig den Kopf, so sehr, bis es schmerzte. Tausend kleine Nadeln stachen in meine Schläfen. Ich wollte sie herausschütteln. Raus aus meinem Kopf, aber sie steckten fest. Schnell erhob ich mich und packte mein Rad. Ich wusste jetzt, wohin ich wollte. Es gab nur einen Ort, wo ich in Sicherheit war. Ich wollte zurück zu Adi und Céline, zurück in mein altes Zuhause.

Schnell schwang ich mich auf mein Rad. Als ich nicht mehr in Hörweite war, rief ich: »Tschüss, du doofer Bahnhof!« Doch es klang nicht mehr so lustig wie am Morgen. Meine Stimme überschlug sich und klang quietschig, irgendwie kindisch. Ich versuchte es noch mal, aber es funktionierte nicht mehr. Das Glücksgefühl blieb aus. Egal, ich biss auf die Zähne und strampelte weiter. Meine Beine schmerzten. »Alles ist gut, Marie«, sagte ich laut vor mich. »Du sitzt auf deinem Rad und das ist toll, und du fährst zu Adi und das ist noch toller. Adi, ich kooommmmeee!!!!« Meine Stimme klang dünn.

An der Kreuzung war ich mir nicht ganz sicher, welche Richtung ich nehmen sollte. Ich drehte mich um und kniff die Augen zusammen, weil die Sonne so grell war. Die Richtung stimmte, da war ich mir sicher. Ich musste einfach nach Norden fahren, und das war geradeaus dorthin, wo die Sonne nicht am Himmel stand.

Ich schwitzte und meine Hände umklammerten krampfhaft den Lenker. So lange wie gestern und heute war ich noch nie Rad gefahren. Ich senkte den Kopf und presste die Lippen zusammen. Immer weiter. Ich fuhr, so schnell ich konnte. Meine Beine traten immer schneller und schneller in die Pedale. Bis zum nächsten großen Bahnhof war es sicher nicht mehr weit und von da konnte ich vielleicht mit dem Zug weiterfahren. Wenn alles gut lief, war ich bereits heute Abend bei Adi und Céline.

»Tuuuuut …« Ich verspürte einen heftigen Windstoß. Ein riesiger Lastwagen fuhr jetzt genau neben mir und mein Rad schwankte wie ein Schiff in Seenot.

»He, was soll das?« Das Letzte, was ich sah, war ein Mann mit einer blauen Schirmmütze, der mir mit der Hand ein Zeichen machte, so als ob er mich von der Straße wischen wollte. Dann sah ich gar nichts mehr.

Vor ihren natürlichen Feinden können Vögel meistens fliehen. Aber mit Autos kennen sie sich nicht aus. Fährt ein Auto schneller als 120 km/h, kann sich der Vogel meist nicht mehr retten.

Eine unverhoffte Begegnung

Ich lag im Graben neben der Straße und rappelte mich mühsam wieder hoch. Einen Moment lang hatte ich geglaubt, ich wäre tot. Aber außer, dass meine Knie aufgeschlagen waren und viele winzige Kieselsteine in beiden Handflächen steckten, war mir nichts geschehen. So schnell geht das wohl nicht mit dem Totsein.

Der Laster stand ein Stück weiter vorne am Straßenrand und der Mann mit der blauen Schirmmütze kam eilig auf mich zugelaufen. »Ist dir was passiert?«, fragte er besorgt. »Du hast mir einen schönen Schrecken eingejagt. Du weißt schon, dass du mitten auf der Straße gefahren bist? Das ist gefährlich!« Der Mann zeigte auf meine Knie. »Schlimm?«

Ich schüttelte den Kopf. »Geht schon.«

Der Mann schien erleichtert. »Du blutest.«

»Ist wirklich nicht so schlimm.« Ich biss mir auf die Zähne, weil ich vor diesem fremden Mann nicht heulen wollte. Aber meine Knie brannten höllisch und meine Handflächen auch.

»Na ja, ganz so schlimm sieht's nicht aus«, sagte der. »Da haben wir schon Schlimmeres von der Straße aufgelesen.« Der Mann verzog den Mund zu einem aufmunternden Grinsen. Ich versuchte ebenfalls zu lächeln. Dann schaute ich auf meine zerrissene Hose. Die war futsch. Der Mann bot mir an, mit ihm zu seinem Laster zu gehen, wo er Verbandszeug hatte. »Soll ich deine Eltern anrufen?«

»Nein, danke. Ist sicher nicht nötig.«

Zwei Autos fuhren an uns vorbei. Eine Frau reckte ihren Hals und drosselte das Tempo. Dann fuhr sie weiter.

»Allzu lange kann ich nicht hier stehen bleiben«, sagte der Mann. »Sonst krieg ich Ärger. Soll ich dich irgendwohin mitnehmen?«

Ich erklärte ihm, dass ich ganz in der Nähe wohne, auch wenn das nicht ganz stimmte. Ich wollte, dass der Mann endlich ging. Sonst würde er vielleicht tatsächlich noch Mama anrufen. Mir fiel ein, dass ich mein Handy gar nicht dabeihatte.

»Na gut, wenn du meinst … Sieht wahrscheinlich tatsächlich wilder aus, als es ist«, sagte er und sah auf seine Uhr. Er brummte etwas von dringender Lieferung.

Dann griff er in seine Jackentasche. Ich starrte auf seine Hand. Auf jedem seiner Finger war ein Buchstabe tätowiert, zusammen ergaben die Buchstaben das Wort H-A-S-S. Komisch, denn der Mann war eigentlich sehr nett. Er drückte mir ein abgegriffenes Kärtchen in die Hand.

»Wenn doch noch was sein sollte, rufst du mich einfach an. Alles klar, Mädel?« Ich nickte. »Udo«, sagte der Mann. »Ich bin Udo. Und denk dran, nicht in der Mitte der Straße ...«

Er half mir noch, mein Fahrrad aus dem Graben zu heben. Dann lief er zurück zu seinem Laster, und ich hielt mein Rad und wartete, bis er weg war. Zum Glück war dem Rad nichts geschehen. Es hatte kaum einen Kratzer abbekommen. Ich spuckte auf meine Hände und versuchte, die Kieselsteine wegzustreichen. »Aua!« Die Tränen liefen mir die Wangen hinunter. Wie sollte ich es so jemals bis zu Adi schaffen! Ich umwickelte beide Hände mit einem Papiertaschentuch. »Aua ... aua ...«, sagte ich etwa zehn Mal, während ich umständlich aufs Rad stieg.

Ich konnte meine Knie kaum noch beugen. So musste sich ein Vogel mit einem gebrochenen Flügel fühlen. Ich fuhr ein paar Meter. Jeder Tritt in die Pedalen schmerzte höllisch. Da vorne gab es einen Wendeplatz. Vielleicht konnte ich mich da hinstellen und Autostopp machen! So weiterfahren mochte ich jedenfalls nicht mehr. Wie in Zeitlupe kletterte ich vom Sattel und schob das Rad mit dem Ellbogen ein kleines Stück vorwärts.

Langsam kam ein Pick-up auf mich zugefahren. Mutlos streckte ich ihm meinen Daumen entgegen. Der Mann sah starr geradeaus und fuhr knatternd an mir vorbei. Als Nächstes kamen zwei Jungs auf einem Moped angefahren. Als sie mich sahen, fuhren sie deutlich langsamer. Der eine drehte sich um: »Hey, sexy Lady …!«, rief er mir zu, und der andere machte irgendwelche Handzeichen.

Bald hatte ich keine Lust mehr, den Daumen hochzuhalten. Ich ließ die nächsten Autos vorbeifahren und setzte mich auf den Boden. Was sollte ich jetzt bloß tun? Ich mochte nicht mehr weiterfahren – und nach Hause wollte ich auch nicht.

Damit niemand sah, dass ich heulte, steckte ich meinen Kopf zwischen die Knie. Ein großer weißer Kombi fuhr an mir vorbei. Ich hob kurz den Kopf. »Fahr doch weiter, du blödes Auto.« Das Auto fuhr langsamer und wendete ein Stück weiter vorne. Dann kam es langsam auf mich zugefahren. Eine Frau stieg aus dem Wagen und sah mich erstaunt an. »Marie! Mon dieu, was machst denn du hier?«

Frau Strüt! »Nichts«, sagte ich. Meine Stimme klang dabei ganz piepsig.

»Hast du keine Schule?«

»Doch, aber ich mache Autostopp«, sagte ich kleinlaut.

»Na, super Idee! Und das ganz allein!« Frau Strüt musterte mich kopfschüttelnd. »Und wie siehst du denn aus!«

»Nicht so schlimm«, sagte ich. »Ich bin bloß vom Rad gefallen.« Ich biss auf die Zähne.

»Tut es weh? Kannst du gehen?« Frau Strüt besah meine Knie. »Vielleicht sollten wir die Wunden desinfizieren.« Sie holte ihren Erste-Hilfe-Kasten aus dem Auto und sprühte mir ein brennendes Zeug auf meine Wunde. Es tat sehr weh. »Wissen deine Eltern, dass du Autostopp machst?« Ich schüttelte den Kopf. »Dann fahre ich dich jetzt nach Hause!«

»Nein!«, schrie ich. »Ich geh nicht mehr zurück!« Ich begann zu heulen. »Niemals!«

Frau Strüt legte mir den Arm um die Schulter. »Jetzt beruhige dich, Marie, ich lade jetzt erst mal dein Fahrrad ins Auto. Dann erzählst du mir, was los ist.«

Wortlos ließ ich es zu, dass Frau Strüt mich ins Auto bugsierte. Sie setzte sich neben mich auf den Fahrersitz und seufzte. Als ich immer noch schwieg, griff sie nach hinten und reichte mir eine Limonadenflasche aus ihrer Einkaufstüte. »Ich glaube, du brauchst erst mal ein bisschen Stärkung.« Frau Strüt lächelte. Jetzt erst merkte ich, was für einen Durst ich hatte, und trank die Flasche bis zur Hälfte leer. »Magst du ein Brötchen?« Ich nickte. »So, und jetzt erzählst du mir in Ruhe, weshalb du nicht mehr nach Hause möchtest.«

»Weil … weil … Ich will nicht nach Münde. Und auch nicht in diese blöde Klasse. Nie mehr! Ich geh zurück, zu meinen Freundinnen …« Ich starrte auf das Brötchen. »Ich habe es einfach satt hier! Das ist alles!«

Frau Strüt sah mich nachdenklich an. »Hm. Ist es wegen Konstanze?« Ich nickte.

»So ein Streit kann einem schon zusetzen«, sagte Frau Strüt. Sie schaute dabei ganz nachdenklich.

»Es ist … Ich habe einfach genug!« Ich begann schon wieder zu schluchzen, obwohl ich das gar nicht wollte. »Es ist nicht nur Konstanze …« Stockend erzählte ich ihr, was ich endlich loswerden wollte. Zuerst von Konstanze und wie sie mich von Anfang an behandelt hatte und dass die anderen Mädchen genau das taten, was sie sagte. Und dann erzählte ich ihr einfach alles haarklein, was in den letzten Wochen geschehen war. Bis zum Ausflug. Ich erzählte, wie ich Konstanze suchen wollte, weil ich dachte, dass es in der Höhle gefährlich war, und ich ihr doch nur helfen wollte. Ich erzählte ihr auch von Sarah und wie sehr ich mich, seit ich hier wohnte, bemüht hatte, alles richtig zu machen, und dass alles immer schiefgegangen war und alle mich hassten und ich nicht wusste, warum.

Frau Strüt hörte mir immer noch aufmerksam zu. Dann sah sie mich nachdenklich an: »Du hast überhaupt nichts falsch gemacht, Marie. Ich glaube, du bist einfach an die falschen Mädchen geraten. Schau, es gibt einfach so blöde Zicken.«

»Das hat Björn auch gesagt …«, sagte ich und schniefte.

Frau Strüt lächelte. »Siehst du, da hat der junge Mann recht. Außerdem glaube ich, dass du das gar nicht nötig hast, dass die dich mögen. Du bist doch ein tolles Mädchen und Mädchen wie du brauchen keine Zicken als Freundinnen.«

»Ich will sie auch gar nicht mehr als Freundinnen.«

»Das ist klug«, sagte Frau Strüt.

Irgendwie hatte ich erwartet, dass sie sagen würde, ich

hätte überreagiert oder würde aus allem ein Drama machen, so wie Mama das manchmal sagte. Oder dass sie mir Tipps gab und behauptete, man könne mit allen Menschen reden, auch eine von Mamas Lieblingsbehauptungen. Aber sie sagte nichts von alldem. Stattdessen hörte sie mir einfach nur zu.

»Weißt du, Marie, wegen so einer ähnlichen Situation habe ich damals mit dem Yoga angefangen.« Sie grinste. »Und jetzt kann ich Kopfstand!« Dann ließ sie den Motor an.

Ich versuchte, mir Frau Strüt im Kopfstand vorzustellen, dabei musste ich fast ein wenig lachen. Irgendwie passte Kopfstand nicht zu ihrer Hochsteckfrisur.

»So, und jetzt fahre ich dich nach Hause«, sagte sie. »Hast du deinen Eltern von der Schule erzählt?«

»Das kann ich nicht!« Ich schüttelte heftig den Kopf. »Papa ist auch gar nicht da, und Mama würde sicher denken, ich müsste mich mehr bemühen, also, eigentlich ist sie ja schon in Ordnung. Aber im Moment hat sie auch extrem viel zu tun … sie hat jetzt bald eine Ausstellung … Mama ist Künstlerin … und macht riesige Eisenplastiken …«

Frau Strüt schaute mich aufmerksam an. »Ist manchmal gar nicht so einfach, zu Hause was zu erzählen, nicht wahr? Und obwohl man was sagen möchte, findet man nie den richtigen Moment.«

Ich nickte. »Ja, und mein kleiner Bruder ist manchmal auch ein bisschen speziell.«

»Da hat deine Mutter viel um die Ohren. Aber ich bin mir sicher, wenn es drauf ankommt, hat sie Zeit für dich.« Frau Strüt lächelte. Erstaunlich, es klang so, als würde sie Mama kennen, obwohl sie das gar nicht tat.

Während wir nach Münde zurückfuhren, erzählte sie mir, dass Münde eben so ein Dorf sei, an das man sich erst gewöhnen müsse, und dass ihr das am Anfang auch nicht leicht gefallen sei. Sie habe zuerst in Waldenau gewohnt. Dort gäbe es ein tolles Jugendzentrum. »Spielst du gerne Theater?« Ich hatte mir das bisher noch nie überlegt, aber Frau Strüt redete weiter und berichtete mir begeistert von einer Impro-Theatergruppe, die garantiert »zickenfrei« sei. Sie grinste, als sie das sagte, und ich musste auch lachen, weil es aus ihrem Mund so lustig klang.

»Und was ist Impro-Theater?«, fragte ich.

»Wenn man ganz spontan ist. Also im Moment entscheidet, was man als Nächstes tut.

»Ich mag Vögel«, sagte ich auf einmal leise. Und dann konnte ich plötzlich gar nicht mehr aufhören zu reden. »Ich glaube, weil sie so vollkommen sind. Vögel wissen genau, wohin sie fliegen, sie können ein ganzes Gebiet überblicken, und sie haben einen Instinkt, der ihnen genau sagt, wann sie kommen und wieder weiterziehen müssen und wann die Windströmungen für den Flug am günstigsten sind. Ist das nicht erstaunlich?«

Frau Strüt nickte und erzählte mir, dass ihr Bruder im

Elsass wohne, wo es unzählige Störche gäbe. »Wenn ein Storch auf dem Hausdach nistet, bringt das Glück.«

Wir waren schon fast in Münde angekommen, und ich erklärte Frau Strüt, wo ich wohnte. Sie fuhr mich bis vors Gartentor. Sie bot mir sogar noch an, mit reinzukommen, was ich aber dankend ablehnte. Ich wollte auf keinen Fall, dass Mama mich mit blutigen Knien und einer zerfetzten Hose sah oder endlos mit Frau Strüt redete. Ich beteuerte ihr, dass Mama ganz sicher zu Hause sei, obwohl ich das Gegenteil hoffte.

Als wir das Fahrrad ausgeladen hatten, verabschiedete sich Frau Strüt von mir. »Und wenn wieder was ist, kommst du zu mir. Versprochen?«

»Mach ich.«

Langsam humpelte ich zur Haustür. Meine Knie schmerzten. Wenn Mama nicht da war, konnte ich unbemerkt in mein Zimmer schleichen. Aber so weit kam ich gar nicht.

»Marieeee! Da bist du ja! Ich habe dich überall gesucht! Warum bist du so komisch angezogen?« Spidy riss die Haustüre auf und versperrte mir den Weg.

»Ich bin mit dem Fahrrad gestürzt. Wo ist Bernadette?«

»Im Wohnzimmer. Sie hat dich auch gesucht. Aber nicht so lange wie ich. Mama und ich haben die Taube begraben … mit Mamas Gummihandschuhen. Willst du sehen?«

»Nicht jetzt. Spidy, kannst du mir bei etwas helfen?«

Wenn zwei Rotkehlchen auf einer Stromleitung sitzen. fallen sich nicht hinunter, selbst wenn sie schlafen. Weil sich ihre Zehen zusammenziehen, wenn sie sich entspannen. Bei Menschen ist das genau umgekehrt.

Spiderman will Vögel retten

Mein Bruder sah mich begeistert an. »Spiderman kann immer helfen! Soll ich Batman auch holen?« Ich hielt ihn am Arm. »Nein, sicher nicht. Warte! Ich will bloß, dass du in mein Zimmer gehst und mir etwas anderes zum Anziehen bringst.« Spidy zögerte. »Jetzt mach schon! Und ein T-Shirt kannst du mir auch gleich mitbringen!«

Mein Bruder rannte zum Haus, dann drehte er sich plötzlich um und kam wieder zurück. »Wenn du abhauen willst, kommt Spiderman auch mit.«

»Ich will aber nicht abhauen. Ich will nur meine Hose … Ich zähle jetzt bis zehn. Eins … zwei …« Ich schaute Spidy drohend an.

»Hast du was angestellt? Aber dein Freund hat etwas angestellt?« Spidy streckte frech das Kinn nach vorne.

»Spidy! Wo bist du?« Das war Mama.

»Spidy, bitte, schnell, bevor sie rauskommt.«

»Spiderman ist unterwegs zu einer geheimen Mission!«, rief Spidy.

Er stürzte ins Haus. Nach ungefähr einer halben Minute kam er wieder zurück. Ohne Hose, aber dafür mit Mama im Schlepptau. »Marie ist wieder da!«, rief mein Bruder. »Ich habe sie gefunden!« Er zerrte am Ärmel von Mamas Overall. »Wenn sie das nächste Mal abhaut, nimmt sie mich auch mit! Und Sergio auch!«

Ich schaute meinen Bruder grimmig an.

»Marie, wo warst du so lange? Hattest du einen Unfall?« Mama sah mich besorgt an. »Ich habe mir schon überlegt, ob ich die Polizei anrufen soll. Im Ernst! Aber dann hat Spidy gesagt, er hätte dich heute Morgen in Waldenau gesehen. Was hast du da getan? Warum bist du nicht zur Schule gegangen?« Mama bückte sich. »Deine Knie sehen ja schlimm aus …«

»Ist nicht so tragisch«, sagte ich. »Tut schon fast nicht mehr weh.«

Frau Kraemer stand im Garten und schaute neugierig zu uns herüber. Ich hatte sie vorhin gar nicht gesehen. »Alles ist Ordnung, Frau Kraemer«, sagte Mama und schaute ziemlich giftig. Frau Kraemer zupfte ein paar Blütenblätter von ihren Rosen und tat so, als habe sie nichts gehört.

»So, und jetzt kommst du rein und erzählst, was los ist.« Mama drückte mir einen Kuss auf die Wange und umarmte mich so fest, dass mir fast die Luft wegblieb. Was sie höchst selten tat. »Jedenfalls bin ich froh, meine verlorene Tochter ist wieder da!«

Wir gingen zu dritt ins Haus. Mama verarztete meine aufgeschlagenen Knie. Als sie mich noch mal fragte, warum ich nicht in die Schule gegangen sei, sagte ich patzig, dass ich halt einfach keine Lust gehabt hätte. Mama entfernte mit der Pinzette die kleinen Kiesel aus der Wunde.

»Aua! Das tut total weh!« Ich begann zu heulen.

»Ist doch nicht so schlimm, Marie! Ich bin eh gleich fertig. Soll ich dir nicht wenigstens eine warme Milch kochen?« Mama ließ nicht locker, aber ich wollte in mein Zimmer. »Gut, dann bringe ich jetzt erst mal Spidy ins Bett.«

»Er geht aber nicht ins Bett«, erklärte Spidy und stellte sich mit verschränkten Armen vor Mama auf.

Ich musste bereits eingeschlafen sein, als plötzlich leise die Türe aufging.

»Marie? Schläfst du schon?« Ohne abzuwarten, setzte sich Mama auf mein Bett. »Herr Schneider hat vorhin angerufen und nach dir gefragt. Ich habe ihm gesagt, dass du krank bist.«

»Aber das ist doch gelogen!«

Mama strich mir über den Kopf. »Marie, wenn du Probleme in der Schule hast, kannst du mir das sagen.«

Ich richtete mich auf. »Wie kommst du darauf?«, fragte

ich lauernd. Hatte Herr Schneider Mama vom Streit mit Konstanze erzählt?«

»Na ja, könnte ja sein, dass etwas nicht stimmt«, sagte Mama. »Du bist doch immer sehr gerne in die Schule gegangen, und ich habe mir gedacht, du hättest vielleicht Probleme mit den anderen Mädchen. Weißt du, man findet immer eine Lösung, und manchmal hilft es auch schon, darüber zu reden.«

Alles zog sich in mir zusammen. Mama verstand wirklich nicht, um was es ging. Wie stellte sie sich vor, dass sie meine Probleme in der Schule lösen könnte? Sie hatte ja absolut keine Ahnung! Sie wusste ja nicht, dass die anderen sie für eine Pennerin hielten! Ich schluckte. Mama sah mich immer noch erwartungsvoll an.

»Alles okay«, sagte ich leise. Ich kämpfte bereits wieder mit den Tränen.

Mama sah mich aufmerksam an. »Ich weiß, dass du deine Sachen auch alleine regeln kannst, Marie. Du machst das wirklich gut. Ich bin mir ganz sicher. Aber du musst auch wissen, dass ich für dich da bin. Immer! Auch wenn ich im Moment vielleicht sehr beschäftigt bin wegen der Ausstellung.«

Ich schlüpfte tiefer unter die Decke. »Ich weiß, Mama«, sagte ich leise. Und genau so fühlte es sich an: Ich fühlte mich tatsächlich aufgehoben! Hier in diesem Zimmer. Mit Mama. Das erste Mal, seit wir nach Münde gezogen waren.

Mama drückte mir einen Kuss auf die Wange. »Ach,

mein Mädchen.« Es war der zweite an diesem Abend. Ich kicherte. »Nicht übertreiben, Mama.«

Als sie wieder draußen war, war ich wieder hellwach. Ich stellte mich ans Fenster. Die Sonne war schon untergegangen, aber draußen war es immer noch nicht ganz dunkel. Der Garten war in bläulich weißes Licht getaucht. Ich öffnete das Fenster, um nach der kleinen Amsel zu sehen, denn ich musste unbedingt sicher sein, dass es ihr gut ging. Draußen roch es nach frisch gemähtem Gras. Bis auf das Zirpen der Grillen war alles ruhig. Dann durchbrach plötzlich eine schrille Frauenstimme die Stille im Garten: »Das darf nicht wahr sein! Das geht mir jetzt eindeutig zu weit!« Als Nächstes sah ich, wie Frau Kraemer im Stechschritt geradewegs auf unseren Garten zumarschierte. Sie hielt etwas Längliches in der Hand, das wie ein Gewehr aussah. Oh mein Gott! Wollte sie uns erschießen? Frau Kraemer stand jetzt genau unter meinem Fenster und streckte das längliche Ding drohend in Richtung unserer Haustür. Ich atmete auf. Das längliche Ding war ein hölzerner Kranich.

Frau Kraemer klingelte energisch, und als niemand öffnete, rief sie laut: »Hallo!«

Unten war alles ruhig. Ich wich zurück, damit sie mich nicht sah. Mama musste im Schuppen sein. Frau Kraemer machte einen Schritt weg von der Haustür und schaute geradewegs zu meinem Fenster hinauf.

Oh nein! Bestimmt hatte sie mich gesehen. Ich öffnete

das Fenster. »Ähm, guten Abend, Frau Kraemer. Suchen Sie zufällig meine Mutter? Sie ist wahrscheinlich in der Werkstatt …«

Frau Schneider sah mich wütend an. »Das war doch bestimmt dein Bruder!« Sie zeigte auf den Kranich.

»Was? Wie meinen Sie?« Ich hatte keine Ahnung, wovon sie sprach.

»Der Kopf ist verschmiert«, schimpfte Frau Kraemer. »Das ist Vandalismus! Sag deiner Mutter …«

In diesem Moment kam Mama aus der Werkstatt spaziert. Sie hatte Kopfhörer an. Frau Kraemer stürzte auf sie zu und redete auf sie ein. Leise schloss ich das Fenster.

»Psst, Marie …«

»Spidy, bist du nicht im Bett?«

»Nein, ich steh in deinem Zimmer.«

»Was hast du mit dem Holzvogel gemacht? Sag schon, Spidy! Frau Kraemer ist total wütend.« Ich sah meinen Bruder eindringlich an.

»Der Vogel ist ein Bodyguard!«, erklärte mein Bruder wichtig. »Er soll aufpassen, dass die blöde Katze keine Amseln frisst. Ich habe ihm eine scharfe Brille gemalt. Jetzt sieht er aus wie Blondes Phantom.« Mein Bruder machte mit seinen Fingern zwei Kreise und hielt sie sich vor die Augen.

»Oh nein!«

»Oh doch!«, sagte mein Bruder wichtig.

»Spiderman muss alle Vögel retten, damit seine Schwester nicht traurig ist und nicht von zu Hause abhaut ... sonst ist Spidy ganz allein.«

»Aber du bist doch gar nicht allein«, versuchte ich ihn zu trösten. »Du hast Bernadette und Detlef ist doch am Wochenende auch ab und zu da und dann hast du auch noch Sergio und Papa.«

»Stimmt«, sagte mein Bruder. »Die habe ich gar nicht mitgezählt.«

»Sollen wir zusammen ein Spiderman-Heft anschauen?«

Mein Bruder schaute mich strahlend an und nickte. »Da! Spiderman und die Legion der Losers ...« Mein Bruder breitete das Heft sorgfältig auf meiner Bettdecke aus. »Marie, gehst du eigentlich gerne in die Schule?«

»Geht so. Früher schon, und du?«

»Geht so. Früher auch geht so. Aber mit Sergio ist es lustig. Findest du Sergio auch lustig?«

»Ich glaub schon.«

»Ich kann ihn dir ausleihen, damit du es auch lustig hast.«

»Danke. Ich glaube, du reichst mir völlig.

»Stimmt das?«

»Ich schwör's!«

Nachdem wir Spidys Lieblingsheft mindestens vier Mal angeschaut hatten, hörte ich, wie unten die Haustüre leise zuging. Offenbar hatte Mama bis jetzt mit Frau Kraemer geredet.

»Dicke Luft für Spiderman«, flüsterte mein Bruder und machte ein dramatisches Gesicht.

»Mama hat das bestimmt geklärt«, beruhigte ich ihn. Ich gab Spidy einen Knuff. Aber mein Bruder ließ sich erst beruhigen, als ich ihm anbot, er dürfe bei mir bleiben.

Ich dachte, er würde bereits schlafen, doch dann zupfte er mich plötzlich am Arm: »Marie, Sergio sagt, du hättest auch Mülleimer angezündet.«

»So ein Quatsch! Wie kommt er denn auf die Idee!« Ich spürte, wie eine leise Wut in mir hochkam. »Spidy? He …!« Ich hörte nur noch ein leises Schnarchen. Ich starrte an die Decke und überlegte hin und her. Wenn Spidy und Sergio mich in Verdacht hatten, dann konnte es unmöglich sein, dass sie es gewesen waren. Nur, wer war es dann?

Zebrafinken-Männchen, die als Jungvögel von ihren Vogeleltern besonders liebevoll gehegt wurden, singen später umso schöner.

Ein außergewöhnlicher Tag

Wenn einem etwas wirklich Schwieriges bevorsteht, ist man immer entweder zu früh oder zu spät dran. Am nächsten Morgen stand ich viel zu früh auf dem Schulhof. Ich schaute auf die Uhr. Noch zwanzig Minuten bis Schulbeginn. Am liebsten wäre ich wieder umgekehrt. Stattdessen versuchte ich, mir gut zuzureden: »Du gehst jetzt einfach da rein, Marie, und beachtest die blöden Zicken überhaupt nicht.« Aber es half nicht. Ich fühlte mich kein bisschen sicherer. Im Gegenteil, ich hatte das Gefühl, alles an mir sei überauffällig, so als stünde ich komplett nackt in grellem Scheinwerferlicht. Ein Vogel weiß instinktiv, wie er sich in einer Gruppe von gleichen Vögeln verhalten muss. Warum hatte ich nicht einfach so einen Instinkt, der mir half, immer das Richtige zu tun? Und wer bestimmte, was richtig war?

Inzwischen war Sarah eingetroffen, wie immer wartete sie auf Konstanze. Das bedeutete, ich musste an ihr vorbeigehen, um ins Schulhaus zu gelangen. Zu allem Übel sah Sarah jetzt genau in meine Richtung. Ich blieb stehen und tat so, als würde ich etwas in meiner Schultasche suchen. Dabei fielen mir alle Stifte aus meinem Mäppchen. Hastig und mit zitternden Händen sammelte ich sie wieder ein. Was war, wenn Sarah und Konstanze mich wieder fertigmachten? Ich spürte, wie wieder die alte Angst in mir hochkam.

Ich dachte an Björn und daran, was er gesagt hatte. Dass er Konstanze auch doof fand. Aber auch das half nicht wirklich. Jetzt, wo ich alleine war und genau wusste, dass es gleich wieder schrecklich werden würde, hatte sich mein ganzes Selbstbewusstsein in nichts aufgelöst. Wenn wenigstens Björn da gewesen wäre. Dann hätte ich mich zu ihm hinstellen können, bis es klingelte. Ich schaute mich um, aber er war nirgends zu entdecken. Ich biss mir auf die Unterlippe. Ich hasste meine Angst. Ich wusste doch, dass die beiden einfach nur blöd waren. »Hör auf, Marie!«, sagte ich. »Du schaffst das!« Aber es half nicht. Ich war der falsche Vogel am falschen Platz. Die Amsel unter den Krähen.

Gerade als ich nach meiner Tasche greifen wollte, um wieder nach Hause zu gehen, sah ich Frau Strüt auf das Schulhaus zugehen. Sie blieb bei Konstanze und den andern Mädchen stehen und redete mit ihnen, bis es klingelte. Ich wartete beim Brunnen auf das zweite Klingeln.

Franzi drehte mir den Rücken zu, als ich mich setzte. Timo erkundigte sich hoffnungsvoll, ob der Schneider krank sei, aber Jennifer hatte ihn vor dem Lehrerzimmer mit Frau Strüt gesehen. Konstanze raunte Sarah etwas zu und schaute zu mir. Sarah sah weg und sagte kein Wort.

Dann stürmte Herr Schneider zur Tür herein. Er verteilte als Erstes ein Arbeitsblatt zum Thema Tropfsteinhöhlen. »Ich hab's gewusst!«, stöhnte Franzi.

»Marie, bevor du deine Sachen rausholst …« Herr Schneider sah zu mir. »Ich habe gedacht, du und Ben, ihr könntet mal eure Plätze tauschen.«

»Wieso muss sie den Platz tauschen?«, fragte Sarah. Herr Schneider sah sie unwirsch an. »Weil ich es so möchte!«

»Ich will auch schon lange neben Malina sitzen …«, maulte Jennifer.

Aber ich nahm meine Sachen und setzte mich neben Alper. Franzi zog Grimassen, als sich Ben sichtbar widerwillig neben sie setzte.

»Hallo, Klitschko!« Alper grinste freundlich und klatschte meine Hand ab: »Türkengruß! Jetzt sitzt du in der besten Ecke.« Furkan und Finn begannen wie wild zu kichern. Alper schwatzte ununterbrochen, und Herr Schneider musste ihn zwei Mal darauf aufmerksam machen, dass der Platzwechsel keine Aufforderung zum Kaffeeklatsch gewesen sei. Aber Alper war nicht zu stoppen. Erst erklärte er mir, dass er in der Türkei ein eigenes Motorrad besäße, und dann, dass einer seiner vielen Onkels eine Schneiderei hatte, genau dort, wo ich früher gewohnt hatte, und dass er, Alper, höchstwahrscheinlich Profifußballer würde. Der Morgen verging ziemlich rasch.

Nach dem Unterricht hielt mich Herr Schneider zurück und bat mich, meiner Mutter auszurichten, in der Schule anzurufen, wenn ich das nächste Mal krank bin. Das sei hier so üblich. Sonst brummte er nur was von: »Jetzt schauen wir mal, wie du mit den Jungs klarkommst, aber lass dich bloß nicht zum Dauerschwatzen verleiten. Unser Alper hat in Sachen Disziplin noch ziemlich viel Luft nach oben. Aber dafür hat er Charme.« Offenbar hatte mich Frau Strüt nicht verraten.

Vor dem Schulhaus sah ich Spidy und Sergio bei den Fahrrädern stehen. Spidy hüpfte von einem Bein aufs andere und zeigte mit dem Finger auf mich.

»Sie war's nicht!«, rief er aufgeregt.

»Aber ihr Freund!«, sagt Sergio trotzig. »Ich sag's jetzt trotzdem Herrn Bela!«

»Batman petzt nicht«, erklärte Spidy wichtig. »Vom Petzen kriegt man Läuse!«

»Wer war was?«, fragte ich genervt, während ich mein Rad aufschloss.

»Batman ist ein Meisterdetektiv«, informierte mich mein Bruder. Sergio nickte stolz. »Sergio weiß, wer die Mülleimer angezündet hat.« Mein Bruder platzte fast vor Stolz.

»Auf jeden Fall nicht ich!«, sagte ich mürrisch. »Wie bist

du eigentlich auf die absurde Idee gekommen, ich würde Mülleimer anzünden?«

Sergio sah mich verlegen an. »Keine Ahnung. Also, meine ältere Schwester hat mal mit ihrem Freund zwei Flaschen Apfelwein geklaut, also nicht geklaut, also ausgetrunken, aber die leeren Flaschen waren noch da. Ich hab's gemerkt und gleich meinem Papa erzählt«, erzählte Sergio umständlich.

»Und dann mussten sie sofort ins Gefängnis?«, fügte Spidy wichtig an. »Mit Handschellen, stimmt's, Sergio?«

»He, Marie …« Björn kam auf uns zugelaufen.

»Das ist er«, flüsterte Sergio aufgeregt, sodass ich es hören konnte. »Der war's!«

»Spidy, ich muss gehen«, sagte ich hastig. »Wir sehen uns zu Hause.« Ich wollte unbedingt verhindern, dass Spidy und Sergio uns begleiteten. Eilig packte ich das Rad und lief Björn entgegen.

Meine Knie schmerzten immer noch ein bisschen. Ich gab mir Mühe, nicht zu humpeln, aber ich lächelte etwas verkrampft. Außerdem fiel mir nichts ein, was ich hätte sagen können, nach dem, was Sergio eben behauptet hatte. Ich war ziemlich verwirrt.

»Habt ihr auch schulfrei heute Nachmittag?« Meine Stimme klang, als würde sie gar nicht zu mir gehören. Mein Herz klopfte wie wild.

Björn nickte. »Klar.« Keine Ahnung, wieso das klar sein sollte. »Kommst du am Nachmittag zum Spielplatz?«

»Soll ich das Rad mitbringen?«, sagte ich.

»Ja, nimm es mit«, sagte Björn. »Dann brauchst du nicht immer hinter mir herzurennen.« Er grinste sein typisches Björn-Grinsen.

»Ich renne gar nicht hinter dir her …«

»Musst du aber! Ich bin viel schneller als du!« Björn sprang auf sein Brett und fuhr ein Stück geradeaus. Dann drehte er sich um. »Du kannst das Rad ja zu mir nach Hause bringen.«

Björn erklärte mir, wo er wohnte. »Also bis um zwei!«, rief ich ihm hinterher.

»Ich bringe heute Nachmittag Björn das Fahrrad zurück«, erklärte ich Mama beim Mittagessen.

»Ich geh auch mit«, rief Spidy sofort. Aber das wollte ich auf keinen Fall. Was er natürlich gar nicht einsah. Mein Bruder verschränkte die Arme vor der Brust und sah mich schmollend an.

»Aber Spidy, Detlef kommt doch heute«, sagte Mama. »Und ihr wolltet doch zusammen ein Kletterseil …«

»Wir bauen eine Hängebrücke zu Tiffany«, erklärte Spidy. Er strahlte schon wieder. »Das hab ich ihr versprochen.«

»Da wird sich Frau Kraemer aber freuen.« Mama grinste mir zu.

Wenig später stand ich vor Björns Haus. Es war ziemlich

groß und der Garten sah piekfein aus. In einem Blumenbeet stand ein Gartenzwerg mit einer Schubkarre. Ich überlegte mir, ob Björn wohl Gartenzwerge mochte. Zaghaft schaute ich mich um, aber wegen der Vorhänge konnte man nicht richtig ins Innere des Hauses sehen.

Was war, wenn Björn doch nicht zu Hause war? Oder wenn er es sich anders überlegt hatte und gar nicht wollte, dass ich vorbeikam? Quatsch! Ich nahm all meinen Mut zusammen, ging zur Haustür und klingelte. Es dauerte eine Weile, bis jemand die Türe öffnete. Und es war nicht Björn. Vor mir stand eine kleine drahtige Frau in einem schicken grauen Kleid. Sie sah wesentlich älter aus als Bernadette und ein bisschen weniger herausgeputzt als Frau Kraemer. »Hallo«, begrüßte sie mich. »Du willst zu Björn?«

Ich nickte. »Ja, ich bringe das Fahrrad …« Und als sie nichts sagte, redete ich einfach weiter. »Vielen Dank, dass ich es ausleihen durfte. Das war sehr nett. Ich war wirklich froh, weil ich gerade kein eigenes Rad habe … also, ich habe eben nur das vom Freund meiner Mutter, aber das ist nicht so schön.«

Die Frau starrte mich an. Aber nicht richtig, es war, als sähe sie durch mich hindurch.

»Natürlich«, sagte sie, so als hätte sie sich das gut überlegt. Wie in Zeitlupe strich sie sich die Haare aus dem Gesicht. »Björn hat gesagt, er will dir das Fahrrad schenken.« Die Frau machte eine kurze Pause. »Für uns ist das in Ordnung.« Und etwas leiser sagte sie: »Svenja braucht es ja nicht mehr.« Völlig unvermittelt streckte sie mir ihre steife, kühle Hand entgegen. »Komm doch rein. Wie hast du gesagt, dass du heißt? Ja, Marie«, murmelte Björns Mutter. Dabei hatte ich mich noch gar nicht vorgestellt. Sie sah aus, als ob sie gleich losweinen würde.

»Es tut mir leid, mit Svenja«, sagte ich schnell. Björns Mutter nickte steif. Ich hoffte, dass Björn endlich kommen würde. Ich fand es ziemlich unangenehm, mit seiner Mutter zu reden.

»Es ist halt immer noch sehr schwierig und wenn Björn jetzt auch noch … dann sind mein Mann und ich ganz allein.«

Jetzt erst fiel mir auf, dass sie ganz glasige Augen hatte. Ich hatte keinen Schimmer, wovon sie redete. Doch da zuckte sie zusammen, als hätte sie jemand wach gerüttelt.

»Aber was rede ich da. Noch ist ja nichts entschieden. Komm doch erst mal rein.« Sie zog mich ins Haus.

Ich sah mich neugierig um. Drinnen war alles piekfein aufgeräumt. Ganz anders als bei uns. Björns Mutter bat mich, auf einem riesigen beigen Ledersofa Platz zu nehmen. Ich setzte mich auf die äußerste Kante.

»Björn! Komm doch mal runter! Du hast Besuch!«, rief Björns Mutter mit, wie ich fand, etwas übertriebener Fröhlichkeit. Ich hörte, wie irgendwo eine Türe zugeschlagen wurde.

»He«, begrüßte mich Björn. Er stand oben an der Treppe und kam lässig heruntergelaufen. Es kam mir so vor, als hätte er uns schon die ganze Zeit beobachtet. »Komm, wir gehen!«, sagte er, ohne seine Mutter anzusehen.

Komisch, jetzt, wo Björn neben seiner Mutter stand, kam er mir mit einem Mal nicht mehr so viel älter vor als ich. Er sah auch nicht mehr so cool und lässig aus. Björn ging zur Tür hinaus, ohne sich von seiner Mutter zu verabschieden.

»Auf Wiedersehen«, sagte ich höflich.

»Viel Spaß«, sagte Björns Mutter, und wieder fand ich, dass ihre Stimme eigenartig klang.

Erst standen wir etwas unentschlossen vor dem Haus, aber dann war Björn wieder ganz der Alte. »Komm.« Er packte meine Hand. Mein Herz klopfte bis zum Hals.

»Das Fahrrad steht da«, sagte ich verlegen. Björn ließ meine Hand nicht los. Irgendwie fühlte sich das komisch an. »Sollen wir zum Spielplatz?«

Björn zuckte mit den Achseln. »Keine Ahnung.«

»Komm, wir gehen zum Spielplatz«, sagte ich.

Björn bewegte sich nicht. Er sah aus, als ob er sich nicht entschließen könnte, was er als Nächstes tun sollte.

»Vielleicht muss ich auf eine Privatschule«, sagte Björn plötzlich. Ich zuckte zusammen. »Meine Eltern wollen, dass ich regelmäßig zur Schule gehe. Also jeden Tag oder so ein Quatsch …«

»Bist du denn nicht …«

Björn sah mich an und verdrehte die Augen. »Ich hasse Schule! Außerdem kann es denen doch egal sein, was ich tue. Die kümmern sich eh nur um sich. Meine Mutter nimmt sowieso nur Tabletten. Hast du nicht bemerkt, wie komisch sie ist?«

Ich zuckte mit den Achseln. »Vielleicht ein bisschen.« In meinem Hals bildete sich ein Kloß. »Und wann gehst du? Also, ich meine, auf diese Privatschule …«

»Keine Ahnung. Sie haben gesagt, dass sie mir nochmals eine Chance geben. Bis zu den Herbstferien darf ich kein einziges Mal mehr schwänzen. Und auch sonst keinen Scheiß bauen.« Björn grinste.

»Wieso? Was hast du denn für Scheiß gebaut …«

»Keine Ahnung, nichts Besonderes«, sagte Björn und guckte über meine Schulter, als gäbe es hinter mir etwas Superinteressantes zu beobachten.

»Die Mülleimer«, sagte ich schnell. »Das warst du!«

Björn sah mich prüfend an. »Das weißt du?«

»Klar«, sagte ich.

Björn musterte mich. »Ich habe alles gefilmt, ich kann's dir zeigen.« Er hielt mir sein Handy unter die Nase.

»Wenn man nicht weiß, wo das aufgenommen wurde, könnte man glatt denken, es sei …«

»… New York?« Ich lachte.

»Genau!« Björn sah richtig stolz aus.

»Haben sie dich erwischt?«

Björn schnaubte durch die Nase. »Der alte Bela ist ein mieser Sack. Der ist schlimmer als die Polizei. Aber sein brennender Besen sah toll aus.« Björns Augen begannen, gefährlich zu flackern. »Hast du schon mal einen brennenden Besen gesehen?«

Ich schüttelte langsam den Kopf.

Björn sah mich an und lächelte. Ich lächelte auch.

»Du bist okay«, sagte Björn. Ich spürte, wie ich knallrot wurde. »Du auch«, sagte ich schnell. Ich hätte Björn gerne gefragt, ob wir jetzt Freunde waren. Ich meine, so richtig. Aber ich traute mich nicht. »Ich mag Vögel«, sagte ich stattdessen. Irgendwie fand ich es wichtig, dass er das wusste.

Björn sah mich erstaunt an.

»Ja, ich mag halt Vögel«, sagte ich. »Genauso, wie du Feuer magst oder Skateboards ...«

»Und wie dein kleiner Bruder Spinnen ...«, fügte Björn an und grinste.

Ich schüttelte langsam den Kopf. »Ich glaube, bei mir ist es anders. Vögel sind mir wirklich wichtig. Immer, wenn ich etwas Besonderes beobachte oder über sie lese, dann schreibe ich es auf Zettel, die ich dann an meine Pinnwand hänge. Wenn man Vögel beobachtet, ist man nie allein, weil die Vögel ja auch da sind, und vielleicht beobachten sie uns ja auch bei dem, was wir machen.«

Björn schaute mich aufmerksam an. »Vögel sind schon cool«, sagte er.

Ich fühlte mich irgendwie tief in mir drin glücklich, als wäre ich eine Amsel mit gebrochenem Flügel, die plötzlich wieder fliegen kann. Wir liefen eine Weile schweigend nebeneinanderher. Dann packte Björn sein Skateboard und ich schwang mich aufs Rad. Wir blieben den ganzen Nachmittag auf dem Spielplatz.

Björn zeigte mir eine Reihe Skateboard-Tricks, die alle irgendetwas mit Flip hießen. Es war ein bisschen wie an dem Tag, als wir uns das erste Mal auf dem Spielplatz begegnet waren. Bloß, dass eben jetzt trotzdem alles anders war. Die Sonne war schon beinahe untergegangen, als wir zusammen in unser Sträßchen hinunterfuhren, bis zu unserem Haus, das jetzt warm und goldgelb in der Abendsonne leuchtete.

»Bis morgen!« Björn winkte mir lässig zu.

Ich blieb stehen. »He, Björn!«

»Was?«

»Nichts.«

Keine Ahnung, was ich ihm noch hatte sagen wollen. Vielleicht, dass er sich zusammenreißen sollte, damit er nicht wegmusste. Aber das war Quatsch! Solche Sachen wie »Streng dich ein bisschen an und alles wird gut« sagen Eltern oder Lehrer. Aber was wissen die schon! Manchmal konnte man sich alle Mühe der Welt geben und es ging trotzdem alles schief. Kein Vogel nimmt sich morgens vor, gegen eine Glaswand zu fliegen, aber wenn es dumm läuft, liegt er abends trotzdem tot am Boden.

»Tschüss, Björn!«, rief ich und wartete, bis er hinter der nächsten Kurve verschwunden war.

Damit Zugvögel besser geschützt sind, fliegen sie in großen Schwärmen. Auch Menschen reisen manchmal nicht so gern allein.

Mein fast normales Leben kehrt zurück

Es war Punkt sechs, als ich unser Gartentor öffnete. Spidy kam aufgeregt auf mich zugelaufen. »Detlef ist da! Und er bleibt bis zu Mamas Vernissage! Und vielleicht noch länger!« Spidy schlang seine Arme um mich. Ich spürte, wie er vor Aufregung zitterte.

»Hallo, Prinzessin! Dachte schon, ich müsste dich aus den Fängen der wilden Landjungs retten …« Detlef versetzte mir einen freundschaftlichen Knuff.

Ich schüttelte den Kopf. »So ein Quatsch! Was du immer meinst!« Zum Glück bemerkte Detlef nicht, wie meine Wangen knallrot anliefen.

»Ich habe eine gute und eine schlechte Nachricht für dich, Prinzessin. Welche willst du zuerst hören?«

»Die gute!«

»Nein, die schlechte zuerst. Dann haben wir es hinter uns!« Detlef erzählte mir ausführlich, dass sein antikapitalistisches Monopoly nicht realisiert werde, aber dass er schon wieder eine neue Idee hätte.

»Darf ich Marie die gute Nachricht sagen?«, drängte Spidy. Detlef nickte.

Spidy führte einen Hüpftanz auf. »In den Herbstferien fahren wir alle nach Spanien!«

»Wieso nach Spanien? Hat Bernadette das gesagt?«

»Mein Name ist Detlef und ich weiß von nichts.« Detlef zuckte mit den Schultern und grinste bedeutungsvoll. »Frag sie!« Detlef zeigte auf den Schuppen. »Aber Vorsicht, sie ist nicht allein. Eure bissige Nachbarin ist auch da ...«

Ich hörte ein lautes Lachen aus dem Schuppen. Schnell öffnete ich die Tür.

»Sehr eindrucksvoll! Sie sind ja wirklich eine Künstlerin«, sagte Frau Kraemer und wedelte mit der Zeitung. »Hier steht's ja auch.«

Mama war wirklich unglaublich. Offensichtlich hatte sie es geschafft, Frau Kraemer zu beruhigen. Und nicht nur das, es war ihr auch gelungen, unsere Nachbarin in ihre muffige Werkstatt zu locken. Sogar Tiffany war da und besah sich alles mit kritischem Blick.

»Hallo, Marie! Wir haben dich schon vermisst.« Mama zwinkerte mir fröhlich zu und kurbelte an einem Rad. »Du kommst gerade richtig zur großen Premiere.«

Irgendwie sah Mamas Installation aus wie die Kugelbahn, die ich als kleines Kind in meinem Zimmer gehabt hatte. Aber natürlich war Mamas Kunstwerk viel ausgeklügelter.

»Sehen Sie, wenn die Eisenkugel runterfällt, dann wird sie automatisch auf diese Plattform geschleudert, und das ergibt dann diese Klangkombination, die die Trommelfelle angenehm massiert. Jedenfalls behauptet das mein Freund.« Mama lachte laut. »Und der sollte es wissen. Schließlich ist er DJ.«

»Ein Diiitschey? Interessant«, sagte Frau Kraemer. Sie dehnte das Wort »DJ« wie ein Gummiband.

»Und der Motor tut es auch.« Mama nickte stolz. »Fast ohne Ausfälle. Aber bis zur Ausstellung habe ich eh noch ein bisschen Zeit. Die Installation habe ich *Die Friedensschleuder* getauft«, fuhr Mama fort.

»Meine Mama kann mit Feuer Eisen zusammenleimen ... das ist wie Zaubern«, erklärte Spidy wichtig.

»Das will ich auch! Ich will auch eine große Schleuder bauen!«, quietschte Tiffany vergnügt. »Mit der schleudere ich dann faule Äpfel in euren Garten!« Tiffany platzte fast vor Lachen. Frau Kraemer sah hektisch auf ihre Uhr. »Ich glaube, wir müssen jetzt gehen. Mein Mann sollte nämlich jeden Moment nach Hause kommen.«

»Papa ist bei der Polizei«, erklärte Tiffany ganz beflissen. »Er hat zu viel Schnaps getrunken beim Autofahren ...«

»Tiffany!« Frau Kraemer schaute ihre Tochter strafend

an. Und zu uns sagte sie entschuldigend: »Das ist alles halb so wild, aber Sie wissen ja, Kinder plappern viel, wenn der Tag lang ist.« Mama blinzelte mir zu. »Also, ich danke Ihnen vielmals für die Demonstration«, sagte Frau Kraemer überschwänglich. »Komm, Tiffany!«

»Pfffffffiiiiiiiiiiiiiiiii«, tönte es von der Installation. Sie zischte wie eine Lokomotive. Frau Kraemer machte vor Schreck einen Satz nach hinten. Unter ihrem Fuß knirschte es verdächtig.

Spidy kreischte: »Du bist auf mein Spinnenhotel getreten! Du hast es kaputt gemacht!«

»Oh«, sagte Frau Kraemer. »Das tut mir leid!«

»Nun«, sagte Mama, »dann seid ihr ja jetzt quitt.«

Frau Kraemer lächelte verkrampft und erklärte Mama schnell, das mit dem verschmierten Vogel sei wirklich nicht so schlimm und ihr Mann habe das übrigens auch gesagt und bei ihm sei das alles ja auch mehr Hobby als Kunst. Frau Kraemer nahm Tiffany an der Hand, verabschiedete sich erneut und steuerte entschlossen zur Schuppentür. Als sie bei der Tür waren, drehte sie sich nochmals um. »Was ich noch sagen wollte, wenn Marie will, kann sie natürlich auch mal zum Reiterhof mitkommen. Es gibt da auch noch ältere Mädchen als Tiffany.«

»Vielen Dank, aber das möchte ich lieber nicht«, sagte ich schnell. »Ich glaube, ich werde demnächst in eine Impro-Theatergruppe gehen. Im Jugendzentrum in Waldenau.«

Zum Abendessen gab es seit langem wieder einmal Detlefs Spezialität: Jäger-Tofu-Schnitzel mit Spaghetti und Ketchup. »Und, wie war das jetzt mit der Überraschung?«, fragte ich neugierig.

»Wir fahren zu Onkel Gregor nach Spanien. Alle miteinander«, sagte Mama. »Das hatte ich schon lange mal vor. Und ich glaube, so richtige Familienferien wären keine schlechte Idee.«

Spidy wollte unbedingt, dass Sergio auch mitkäme. Mama, fragte mich, ob ich auch jemanden einladen möchte, denn Gregors Haus sei riesig. Ich wurde rot und sagte: »Ich überlege es mir. Vielleicht frage ich Adi, die habe ich schon ewig nicht mehr gesehen.« Mama lächelte.

»Weiß dein ärmster Onkel schon, dass du in Begleitung eines ganzen Reisetrupps kommst?«, fragte Detlef.

»Ach, er wird sich freuen«, sagte Mama. »Seit Tante Birgit im letzten Jahr gestorben ist, ist er eh immer so allein. Ein bisschen Gesellschaft ist genau das Richtige für ihn.«

Detlef grinste. »Für mich okay, solange du nicht gleich da hinziehen willst …«

»Bloß nicht wieder umziehen!«, rief ich.

»Sonst muss Mama zur Strafe eine Trillion Fliegen essen!«, rief Spidy.

Mama schüttelte den Kopf. »Igitt! Wenn ich mir das nur vorstelle!« Nachdenklich strich sie mir über die Hand. »Meine Süße musste wohl ziemlich viel aushalten in letzter Zeit, die neue Schule, dauernd auf Spidy aufpassen …«

»Spiderman kann auf sich selber aufpassen!«, rief mein Bruder postwendend.

»Ich freue mich auf Spanien«, sagte ich und zog meine Hand schnell weg.

Als ich an diesem Abend in meinem Bett lag, konnte ich lange Zeit nicht einschlafen. Tausend Gedanken schwirrten mir gleichzeitig in meinem Kopf herum. Björn, der Urlaub, der Theaterkurs. Mein Kopf fühlte sich an wie ein Riesenrad. Die Gedanken drehten sich im Kreis und tauchten immer wieder auf. Aber diesmal war es überhaupt nicht unangenehm. Unten hörte ich Mama und Detlef lachen. »Dauernd änderst du die Spielregeln!«, rief Mama empört. Bestimmt spielten sie eines von Detlefs selbst erfundenen Spielen. Und weil ich immer noch nicht schlafen konnte, stand ich auf und ging langsam zum Fenster.

Draußen war alles ruhig. Auf dem Ast gegenüber saß ein Eichelhäher. Er schaute zu mir: »Rere … rere …«, begrüßte er mich. Im Schein des Mondlichts konnte ich seine schwarz-weiß gemusterten Kopffedern erkennen. »Hallo Eichelhäher«, begrüßte ich ihn. »Sehr gut, dass du da bist! Bleib im Garten.« Aus meinem Vogelbuch wusste ich, dass Eichelhäher mit ihrem lauten Gezwitscher kleinere Vögel vor Katzen warnen können. »Pass gut auf die kleine Amsel auf, wenn du sie mal zufällig siehst, hörst du?« Ich hatte das Gefühl, dass der Eichelhäher mir zunickte.

Um Vögel zu beobachten, braucht man vor allem Ruhe und Geduld. Aber um seltene Vögel zu entdecken, braucht es auch ein bisschen Glück.

Mein neues normales Leben

Die nächsten Wochen vergingen wie im Flug. Erst war Bernadettes Vernissage, dann bekam Spidy fast zeitgleich mit Detlef eine üble Grippe und ich und Mama mussten sie mit Hühnersuppe versorgen. »Jammervögel«, sagte Mama und verdrehte die Augen. Ich kicherte. Zum Glück gab es noch den Theaterkurs, wohin ich mich vor dem Gejammer zu Hause flüchten konnte. Da ging ich jetzt zwei Mal die Woche hin, weil wir nicht nur improvisierten, sondern auch noch ein richtiges Theaterstück zusammen schrieben. Ich war die Jüngste, aber das machte mir nichts aus.

Und dann, drei Wochen vor den Herbstferien, passierte noch etwas. Ein neues Mädchen kam zu uns in die Klasse. Sie hieß Toska und war ziemlich direkt. In der Pause stellte sie sich als Erstes gleich neben mich. »Täusche ich mich oder gibt's hier einige Tussen?« Sie sah skeptisch in die Richtung von Sarah und Konstanze.

»Kann schon sein«, sagte ich.

»Na ja«, sagte Toska, »wir werden es überleben.«

Ich nickte. »Auf jeden Fall!«

Toska grinste. Sie stellte mir tausend Fragen über die Schule und erzählte mir von ihren Eltern, die als Psychotherapeuten in Münde eine Praxis eröffnet hatten. Ich fand, dass Toska ein bisschen viel wissen wollte. Aber ansonsten war sie nett und lustig.

Nach der Schule wollte ich so rasch wie möglich nach Hause, weil Mama heute unbedingt mit Papa skypen wollte. »Vielleicht kann er ja auch eine Woche freinehmen, um uns zu besuchen. Ist vielleicht kompliziert, aber nicht unmöglich.« Seitdem Mama hochoffiziell verkündet hatte, dass wir nach Spanien fahren, war sie am Planen. Typisch Mama! Kaum war ihre Installation fertig, nahm sie schon das nächste »Projekt« in Angriff. Aber Papa war nicht zu erreichen. Nach dem Abendessen ging Mama in die Werkstatt und Spidy und Detlef füllten in Spidys Zimmer Matheblätter aus. Detlef wohnte immer noch bei uns, und Mama meinte, das würde sicher bis nach den Ferien so bleiben, weil Detlefs Schwester mit ihrem Freund vorübergehend in seiner Wohnung wohnte und Detlef eh im Moment von zu Hause aus arbeitete. Mich störte es nicht, wenn er da war. Es klingelte kurz an unserer Haustür.

»Marie, kannst du runtergehen?«, rief Detlef.

»Gleich!« Ich suchte unter dem Bett nach meinen Turnschuhen. Wahrscheinlich war es sowieso Frau Kraemer und die konnte ruhig ein wenig warten. Doch als ich die Haustür öffnete, war niemand da. Ich schaute mich suchend um. Das Gartentor stand weit offen und dann entdeckte ich auf der obersten Treppenstufe ein sorgfältig zusammengefaltetes Stück Papier. *Marie* stand darauf geschrieben. Hastig hob ich es auf und faltete es auseinander. Auf dem Papier war ein Graffito mit einem kleinen blauen Vogel zu sehen. Darunter stand:

Für dich, ein seltener Glücksvogel. Von mir! Gruß B.

Leise ging ich die Treppe hinauf zurück in mein Zimmer. Aus Spidys Zimmer, war immer noch Detlefs Stimme zu hören. Glücklich steckte ich Björns Brief in mein Vogelbuch.

Es dauerte ein bisschen, bis ich den zweiten kleinen blauen Vogel fand, aber ich entdeckte ihn ein paar Tage später auf der Schulhauswand gleich neben dem Eingang der Turnhalle. Mein Herz hüpfte vor Freude. Dieser Vogel gehörte nur mir. Er war von Björn für mich! Vermutlich würde Herr Bela den kleinen blauen Vogel schon bald unter lautem Geschimpfe wegputzen, aber trotzdem würde ich ihn für immer in meinem Herzen behalten. Genau wie die kleine Amsel und alle anderen Vögel. Weil ich Marie bin und alle Vögel mag …